元獣医の令嬢は婚約破棄されましたが、もふもふたちに大人気です！1

園宮りおん

Rion Sonomiya

レジーナ文庫

CHARACTER
登場人物紹介
メル
リン
It is very popular with mofumofu!
ルナ
公爵令嬢として生まれ変わった
元アラサーのゲームオタク。
婚約破棄された上に
国を追放されたため
銀狼・シルヴァンと旅を始める。
実は知られざるチート能力
を持っていて……
It is very popular with mofumofu!
シルヴァン
ルナの相棒の銀狼。
神獣の息子で、
人間の言葉を理解する
ことができる。
スー
ルー
It is very popular with mofumofu!
仲間の動物たち
旅の途中でルナの仲間に
なった動物たち。
おちゃめな仕草で
ルナを和ませている。

It is very popular with mofumofu!
イザベル
ファリーン王国の伯爵令嬢。
ジェラルドを唆して、
ルナを国外追放させた。
ルナを見下している。
It is very popular with mofumofu!
ジェラルド
ファリーン王国の
王太子で
ルナの元婚約者。
世間知らずで
高慢な性格。
It is very popular with mofumofu!
ルーク
アレクファートの側近。
心優しく穏やかな
青狼族の獣人。
It is very popular with mofumofu!
アレクファート
獣人の国、
エディファンの第二王子。
獅子系の獣人で、正義感が強い。
ルナにつれない態度を
取りながらも
ピンチにはなにかと
助けてくれる。

目次

元獣医の令嬢は婚約破棄されましたが、もふもふたちに大人気です！ 1

プロローグ

「ちょ！　ちょっと落ち着いて貴方たち！」

「「「メェ～」」」

私に群がる羊たちを見て、友人の茜《あかね》は呆れ顔をした。

「ねえ、詩織《しおり》。あんたってほんと動物にはモテるわよね」

「……ちょっと茜、『動物には』ってどういう意味？」

私がそう言って睨《にら》むと、茜は肩をすくめて舌を出した。

そして、二人で顔を見合わせて笑う。

「でも意外だったわ。最初は、都会育ちのお嬢様獣医なんて、使えないと思ってたのにね。いつ逃げ帰るんじゃないかって噂してたぐらいだから」

「おあいにくさま。すっかりここの生活が気に入ったし、悪いけど当分帰るつもりはないよ」

私は羊たちに囲まれながら腰に手を当てると、偉そうに言ってみる。

そしてもう一度、二人で笑い合った。

茜は、私が今、羊たちの検査に来ている牧場の娘。年齢は私より四つ下の二十五歳、日に焼けてボーイッシュな感じ。

最初はつんけんして嫌な女だと思ったけど、今では一番の親友だ。

大学を卒業して獣医になってもう五年。すっかりアラサーになった私は、北海道で暮らしていた。

獣医師は命を預かる仕事だから、もちろん苦労や悩みはある。でも子供の頃から憧れていた仕事なので頑張れる。

「「「メェ〜」」」

私の膝《ひざ》に頭をすり寄せ甘える羊たち。茜が言うように、私は何故か生まれつき動物たちに好かれるのだ。

私は群がるもふもふたちの検査を終えると、茜に言った。

「茜、それじゃあ私は行くわ。今日は他にも回らないといけない牧場が多いの」

「ええ、うちの子たちは少し残念そうだけどね」

「「「メェ〜」」」

「そんな顔しないでよ。貴方たち」

悲しげに私を見つめるもふもふたちは、とっても可愛い。

動物たちに囲まれていると幸せな気持ちになれる。やっぱり、獣医は私にとって天職なのかもしれない。

後ろ髪を引かれながら、彼らとお別れをする。そんな私を牧場の入り口まで送りつつ茜が言った。

「動物たちにはこんなにモテモテなのに、どうして男は寄りつかないのかな」

「あら、茜にだけは言われたくないけど」

「こら、詩織、言ったな！」

茜は拳《こぶし》を振り上げるふりをして笑う。

まったく、茜ったら。別に寄りつかないわけじゃないんだから！

以前付き合っていた男性はいたが、仕事柄遠距離になってしまって結局別れてしまった。でも、今のところこの生活が気に入っているし、彼氏がいなくても毎日充実している。

そんなことを考えていると、茜が私に声をかけた。

「ねえ、詩織。仕事が終わったら『E・G・K』にログインするんでしょ」

「ええ、多分夜の七時ぐらいかな。茜は？」

『E・G・K』というのはエターナル・ゴールデン・キングダム～永遠なる黄金の王国～というオンラインゲームの略。

いわゆるMMOゲームで、バトルはもちろん生産も楽しめる人気のゲームだ。

茜に誘われて始めたんだけど、予想以上に楽しくてすっかりハマってしまった。小さい頃から結構ゲームが好きなのよね。

私の問いに茜が笑顔で答える。

「オッケー、私もそれぐらいにはインすると思うからよろしく！」

「了解！　色々作りたい物もあるし、素材も取りに行かないとね」

私はそう返事をして茜に別れを告げると、車を運転して次の牧場に向かう。

この辺りは、隣の家に行くのだって車で移動しないと大変なのだ。

大学に通うまで東京暮らしだった私には、こんな生活は想像もできなかった。

「あら？」

暫《しばら》く車を走らせていると、ふと道路の向こうから車がやってきているのに気づいた。

見かけない車だ。観光客だろうか？

運転手に何かあったのか、蛇行《だこう》運転している。

「駄目!!」

次の瞬間、私はそう無意識に叫んでいた。反対車線を走っていた車が、こちらをめがけて猛スピードで突っ込んできたのだ。かわすために急いでハンドルを切ったが、間に合わない。

凄い衝撃音がして、私は意識を失った。

――それが私の日本での最後の記憶。

日本でと言ったのは、気がつくと私は、全く知らない別の世界に転生していたからだ。

私が生まれたのは神獣に守護された王国ファリーン。

その国の公爵家の令嬢ルナとして転生した。ちなみに婚約者はこの国の王太子である。

自分で言うのもなんだけど、アラサー獣医だった頃の面影はどこへやら、可愛らしいブロンドヘアの少女に生まれ変わった。

そんな私が前世の記憶を思い出したのは、五歳の時。

初めは戸惑ったわ。だって、五歳の私の中にアラサーのもう一人の自分がいるんだもの。

でも、慣れると次第にそれが当たり前になった。

元の世界を懐《なつ》かしむことはあるものの、ルナとして生きる自分を受け入れている。

ゲームが無い世界は少し退屈だったけど、その分私は読書をして過ごした。

獣医だった頃の習性が抜けなくて、両親にねだって学者が読むような生き物の図鑑を買ってもらったりして。

だって、神獣や魔獣なんて存在がいる世界なんだもの。幼い頃に図鑑で彼らを見て、ワクワクしていたことを思い出すわ。

そんな風に悠々自適の暮らしを送っていたある日、私に大きな災いが降りかかった。

◇　◇　◇

「ルナ・ロファリエル！　貴様との婚約を破棄し、この国から追放処分とする！」

十六歳になってまだ間もないその日。

私は婚約者でこの国の王太子であるジェラルド王子から、理不尽な婚約破棄を突きつけられた。

それも、王宮で開かれた華やかな舞踏会のただ中で。

私は困惑を隠せないままに尋ねる。

「どうしていきなりそんなことを……？　私、何か失礼なことをしてしまいましたか？」

静まり返る会場の主賓席《しゅひん》でジェラルドは私を睨《にら》みつけていた。そして、その隣にはトルーディル伯爵家の令嬢であるイザベルが笑っている。

輝くブロンドに艶《つや》やかな唇、赤いドレスを着た胸の大きな美女だ。

ジェラルドは私を罪人とばかりに罵《ののし》った。

「お前が犯してきた罪は、この麗しいイザベルがすべて教えてくれた。公爵家の令嬢であることを鼻にかけ、イザベルたちに数々の嫌がらせをしたというではないか？　さらにこの俺の婚約者であることも笠《かさ》に着てな。虎《とら》の威を借るとんだ女狐《めぎつね》だ！」

そして彼は、鋭い目つきで私に宣告する。

「ルナ、お前は俺に相応《ふさわ》しくない！　我が国を守護されている神獣セイランがごとく雄々《おお》しいこの俺にはな」

セイランというのは、この国を守護する神獣で、王家よりも力を持つ神に近い存在だ。大きく美しい銀色の狼で、神殿に祭られており、人の前に姿を現すことは滅多《めった》にない。

イザベルはジェラルドに甘えるような声で言った。

「殿下、ルナ様は酷いのです。ジェラルド様の寵愛《ちょうあい》をいいことに、やりたい放題。王太子であられるジェラルド様が、いずれ国王陛下になられた暁《あかつき》には、国を傾ける悪妃となるのではとみな噂していますわ」

「お待ちください！　いつ私がやりたい放題をしたというのですか？」

そんな覚えは全くない。

でも、イザベルの言葉に彼女の取り巻きたちがわざとらしく頷《うなず》いた。

「とぼけるおつもりですか？　酷いお方！」

「ジェラルド様、イザベル様の仰るとおりです！」

「ルナ様の横暴には、私たちはもう我慢できません！」

「雄々《おお》しいジェラルド様と、この国を思えばこそ私たちはこうして申し上げているのです！」

イザベルはその白い手をそっとジェラルドの胸に添えると、涙を流して、体を預ける。

「ああ、いくらジェラルド様の心がルナ様に無いからといってここまでの仕打ち、酷すぎますわ」

「ふん！　可愛いお前を虐《しいた》げるような女は許してはおかん。ルナよ！　今すぐこの国から出ていくのだ!!」

ジェラルドの言葉に、ふふんと満足そうに笑うイザベル。

私はようやく理解した。要するに、二人はできているのだ。

イザベルは王太子の婚約者の座を私から奪《うば》いたかったのだろう。

そのためにジェラルドを篭絡《ろうらく》して、裏で色々と手を回したに違いない。

イザベルは清楚《せいそ》でか弱いふりをして、さらにジェラルドに身を寄せる。

「ああ、ジェラルド様……あのような顔で私を睨《にら》みつけて。イザベルは怖くて仕方ないですわ」

よく言うわ。貴方がそんなしおらしいタイプじゃないのは知ってるわよ。

貴族の子息や令嬢が通う王立の学校では、令嬢たちを牛耳《ぎゅうじ》る裏ボス的な存在だったもの。

「安心しろイザベル。あの女は、王太子であるこの俺の名でこの国から追放するのだ。もはや公爵家の令嬢ですらない！」

イザベルにたぶらかされて、その嘘も見抜けない男。私もそんな人と結婚なんてお断りだわ。

「……分かりました。私はこの国から出ていきます。その代わり、実家の公爵家には手を出さないでください」

私はジェラルドを真っすぐに見つめてそう告げる。すると、彼は満足そうに笑みを浮かべた。

「いいだろう、邪悪なのはお前だけだルナ。お前が黙って消えるのなら、公爵家まで罰する必要はない」

……邪悪って！　今まで婚約者だった私に、そこまで言う？

「ありがとうございます。すぐに荷物をまとめて出ていきますので、ご安心くださいませ！」

心底腹が立って、私はその場を立ち去った。

そして家に帰ると旅支度をする。あんな人の顔は二度と見たくないもの。

事情を聞いてお父様は驚き、私に護衛を付けると言ったのだけれど断った。

「駄目よお父様。私の供になった者は、一緒にこの国を追放されたことになってしまうもの。大丈夫、護衛はよそできちんと雇うから心配しないで」

「ルナ！　しかし、それではあまりにも……」

「ええ、ルナ、貴方があまりにも不憫《ふびん》だわ。いくら王太子といえども、よくもこのような無法な真似を。女性にだらしのない方だとは聞いていましたが、この仕打ちはあんまりよ」

お父様に続き、そう言って泣くお母様。そんな二人を安心させるように私は微笑んだ。

「心配しないで。私、本当は前から世界を旅してみたかったの。あんな人の妻になるよりはずっといいわ！　スッキリしたぐらいよ」

お父様やお母様には悪いけれど、元々私には王太子妃なんて向いてない。

肩が凝りそうだし、それにジェラルドは傲慢《ごうまん》で嫌な男だもの。

「ルナ、貴方ったら……本当に不思議な子なんだから。どうか、無事に帰ってきて頂戴。貴方の処分が取り消されるように、私たちも力を尽くすわ」

不思議な子か。そうよね、前世も含めたら私の方がお母様よりも長く生きているし。

「ありがとう、お母様。でも無理はしないで」

私は町娘の格好をし、旅支度を終えると屋敷の玄関前に立った。

するとどこからともなく美しい銀色の毛並みをした狼が現れ、私の膝《ひざ》に頭を擦《こす》りつけた。

あまり人に懐《なつ》くことがない狼だけれど、この子は私にとても懐《なつ》いている。お母様はその狼の頭を撫でると微笑んだ。

「シルヴァン、ルナを守ってね。神獣と同じ銀色の狼、きっと貴方はセイラン様からの加護を受けているのでしょう」

シルヴァンと呼ばれた雄狼《おす》は、まるでその言葉が分かっているみたいにコクリと頷《うなず》く。

実は、この子にはちょっとした秘密がある。私が彼の頭を撫でると、シルヴァンは口を開いた。

『しかし馬鹿だよな、あの王子。ルナを追い出したって父さんが知ったら、ただじゃ済まないぞ。神獣の息子である僕を助けてくれたのは、ルナなんだからさ』

そう、彼は神獣セイランの息子なのだ。悪戯《いたずら》好きで、子狼の頃神殿を出て遊んでいたところ怪我をしてしまった。

そんな彼を偶然見つけ、治療したのが当時まだ幼かった私。以来ずっと彼は私の傍にいる。

『今更言っても仕方ないわ。あんな人のこと、セイラン様に言いつける真似はしたくないしね。婚約破棄できてせいせいしてるくらいよ』

前世の記憶が蘇《よみがえ》った私には不思議な力があった。

その一つが、動物と話せる力である。

『まあいいや。僕はルナと一緒にいられたら、どこだって幸せなんだから！　ルナと二人で旅ができるなんて嬉しいな』

そう言って、シルヴァンはもふもふした尻尾を私に向かって大きく振る。

その姿が本当に可愛くて、私は思わず彼の体をギュッと抱き締めた。銀色の毛並みが心地よい。

『シルヴァン、ほんとに貴方は可愛いんだから！　大好きよ！』

『へへ、僕だってルナが大好きさ！』

私にとってシルヴァンは弟みたいな存在だ。

このもふもふが隣にいれば生きていける。

ジェラルドのせいで、しょんぼりなんてしていられないわ！

私はシルヴァンを抱き締めながら、グッと拳《こぶし》に力を込める。

そんな私たちを見つめながら、お母様が首を傾げて言う。

「いつも思うのだけれど、貴方たち、まるで本当に話しているみたいね」

「ふふ、だから言ってるでしょう？　私は動物の言葉が分かるって」

「もう、こんな時まで貴方って子は」

無邪気に笑ってみせた私に、お母様は呆れまじりに微笑んだ。

私はこうして、シルヴァンと一緒に旅に出た。

この後、ジェラルド王子がとんでもない目に遭うことなど知りもしないで――

◇　◇　◇

「ふざけるな！　それでは貴様は、ルナをこの国から追い出したというのか‼」

ルナが王国ファリーンを去った数日後。王都から離れた聖地では、神獣セイランの激怒の咆哮《ほうこう》が、彼を祭る大神殿を震わせていた。

人間の言葉を話すことができるのは、彼が神獣だからである。神殿を訪れていた国王や王妃は震え上がった。

まるで月光のような美しい銀色の毛並みの大きな狼が、彼らを見下ろしている。

だが、国王の傍にいる王太子ジェラルドは、したり顔でセイランに申し出た。

「セイラン様はご存知ないのです、あの女は恐るべき悪女。それはここにいる清らかな

る乙女イザベルがよく知っております」

「はい、セイラン様。あの女はジェラルド様には相応《ふさわ》しくありませんわ」

ジェラルドは、自分を睨《にら》んでいる巨大な狼に胸を張る。

「この度は、このイザベルを私の新しい婚約者にすることもご報告したくて参ったので

す。あんなつまらない女を追い出したことなど、お忘れください」

ギリッとセイランが牙を鳴らす音が神殿に響く。

凄《すさ》まじい殺気が神殿に満ちるのを感じて、護衛の騎士たちは怯《おび》えた。

「……貴様、ルナをつまらない女だと抜かしたな？　お前たちは知らぬだろうが、ルナ

は我が息子の命の恩人だ。貴様のような下らぬ男でも、いずれはこの国の王になると思

えばこそルナとの婚約の儀を許した。それを追い出したなどと」

その言葉を聞いて、国王と王妃は目を見開いた。

「セイラン様のご子息様の恩人⁉」

「ルナがですか⁉」

「そうだ。ルナはかつて、幼き息子の命を救った。その子狼が、神獣である我の子だと知りもせずにな。それを知った後も、決して見返りなど求めなかった。心優しき娘よ、それ故に我が息子はルナの傍を離れようとはせん」

国王と王妃はハッとして呟く。

「ま、まさか……ルナの傍にいつもいた、あの狼が」

「セイラン様のご子息様だと」

セイランは国王たちを見下ろして咆哮《ほうこう》する。

「貴様らは、我が恩人と息子をこの国から追い出したのだ！　絶対に許せん‼」

巨大な狼の前脚が、ジェラルドの体を押さえつける。そして、その鋭い牙が彼の頬に突きつけられた。

セイランがひと噛みすれば、ジェラルドの命は無いだろう。

「ひ、ひぃいい‼」

先程までしたり顔で胸を張っていたこの国の王太子は、真っ青になって情けない悲鳴を上げる。隣にいるイザベルは、尻もちをついて泣き叫んだ。

「お、お許しくださいセイラン様！　わ、私は関係ありませんわ、王太子殿下がお決めになられたことです!!」

「い、イザベル、そなたが望んだからではないか！」

ジェラルドの言葉に、イザベルは激しく首を横に振ると叫ぶ。

「嘘を仰らないで！　私はなんの関係もありません！　婚約の話も無かったことにしてください!!」

「お、おのれ！　イザベル！」

見苦しい二人の言い争いを眺《なが》めながら、セイランは嘲笑《あざわら》って言った。

「愚《おろ》かな男だ。ルナを追い出し、このような卑《いや》しい心の女を妻にするつもりだったとはな」

国王と王妃は床に頭を付けて願い出る。

「セイラン様！　愚《おろ》かな息子をどうかお許しください」

「せめて、命だけは！　ルナは必ず呼び戻します。ジェラルドに頭を下げさせて、必ず呼び戻させますから！」

セイランは、国王と王妃を見つめた後、ジェラルドを睨《にら》みつける。

「……いいだろう、一度だけ機会を与えてやる。必ずルナを連れ戻せ！　貴様がその薄汚い頭を地面に擦《こす》りつけて、ルナに詫《わ》びるところを見ねば気が済まん！」

「ひ、ひいい！　必ず、必ずルナを連れて参ります!!」

セイランはイザベルに告げた。

「貴様も同罪だ！　すぐにこの国を出ていけ。ジェラルドと共にルナを連れ帰るまで、この地を踏むことは許さん」

「そんな！　すぐにだなんてあんまりですわ、セイラン様！」

イザベルはセイランに必死に願い出るが、神獣は聞く耳を持たない。

「黙れ！　お前たちがルナにしたことを思えばそれでも生ぬるい。それとも、ここで我が牙の餌食《えじき》となるか？」

「ひっ！　す、すぐに参ります！　どうかお許しを」

ジェラルドが叫ぶと、彼とイザベルの足元に魔法陣が現れた。神獣であるセイランが描《えが》き出したものだ。

すると、二人の額に黒い紋様が浮かび上がった。

「それは、我と誓いを為した証。どこにいようと我にはそなたらの居場所が分かる。逃げられると思うなよ」

「ひっ！」

「に、逃げたりなど致しません！」

結局この日、ジェラルドとイザベルはその身分を剝奪《はくだつ》され、国外に追放された。

同時にルナの捜索隊の指揮を執るように命じられたのである。

「おのれ！　尊い王太子であるこの俺がどうして！」

「まだそんなことを言っているのですか？　馬鹿な人。ルナを連れ帰らなくては私たちは死ぬんですよ」

「黙れ！　イザベル、この性悪女め！」

ジェラルドの言葉をイザベルは鼻で笑う。

「もう王太子ですらない貴方に、興味は無いわ。それに私はルナに頭を下げるなんてまっぴら！　他に生き残る方法はあるもの」

伯爵家が用意した護衛騎士に囲まれてほくそ笑むイザベル。

そんな彼女に、ジェラルドは苛立《いらだ》った様子で問い返した。

「どういうことだ、イザベル！　他に生き残る方法とは一体なんだ？」

イザベルはじっとジェラルドを見つめると、吐き捨てるように言った。

「貴方みたいな無能者に教えるのは御免ですわ」

「な、なんだとっ……！」

イザベルは顔を真っ赤にして叫ぶジェラルドを無視して、自分が乗る馬の向きを変える。そして、忌々《いまいま》しげに爪を噛んだ。

「ルナ……私をこんな目に遭わせて。覚えてなさい。このままじゃ済まさないわ」

第一章　森の中で

『ねえ、シルヴァン。どう？　見つかった？』

ジェラルドとイザベルの理不尽な仕打ちにより、ファリーンを飛び出してから数日後。

私はとある森の中にいた。新鮮な空気が嫌なことを忘れさせてくれる。

堅苦しい公爵家の令嬢をやめてせっかく旅に出たんだもの。心機一転、楽しまなくっちゃ。

そう思っていたんだけど、実は今、私とシルヴァンはこの森の中でちょっとしたものを探していた。

木々の間を抜けて、切り立った岩の崖《がけ》の前に来ると、シルヴァンの鼻がヒクンと動く。

くんくんと匂いを嗅《か》ぎながら、シルヴァンのもふもふとした尻尾が揺れる。

『ルナ！　あれじゃないか!?』

『見つけたの？　シルヴァン』

『ああ、ずっと匂いはしてたんだ、間違いないさ！』

そう言って、大きな耳をピンと立てるシルヴァンは、目の前にある崖《がけ》を華麗にジャンプしながら駆け上がっていく。

そして、崖《がけ》の中腹に生えていた草を口に咥《くわ》えてこちらに下りてきた。

『凄いわシルヴァン、流石《さすが》ね！』

『へへ、任せとけって』

私が思わずその首にギュッと抱き着くと、シルヴァンは嬉しそうに尻尾を左右に振る。

その姿が本当に可愛くて、私は抱き締める力を強めた。

すると、私の肩の上に小さな動物が素早く上ってきた。

『ルナ、ルナぁ！　私も見つけたよ！』

そう言ったのは、つぶらな瞳と白く大きな耳を持った愛らしい子リス——白耳リスのリンだ。

さっきこの森で出会って、友達になったのよね。

リンが小さな手に持っているのは、どんぐりに見た目がよく似た木の実。

『ありがとうリン！　助かったわ』

『えへへ、頑張ったんだから』

私が指先でリンの頭を撫でると、リンは気持ちよさそうな顔をする。

『ミルファンナの薬草とカリンナの実、これがあればなんとかなりそうだわ。シルヴァン、リン、「彼女」のところに戻りましょう』

『ああ。ルナ、早く僕の背中に乗って！』

『うん！』

シルヴァンに促され、私は彼の背中に飛び乗った。

しなやかなその体は、鞍《くら》も無いのに、馬よりもずっと乗り心地がいい。

流石《さすが》、神獣の子供だ。

『ねえ、シルヴァン。私、重くない？』

『へへ、軽い軽い！　ルナ一人なんて、へっちゃらさ！』

よかった。聞いてはみたものの、シルヴァンに真顔で『重いよルナ』とか言われたら少し落ち込みそうだったから。

シルヴァンの言葉に、リンは私の肩の上で少し頬を膨《ふく》らます。

『一人じゃないもん、リンだっているんだから！』

『ふふ、そうよねリン』

『そうだったな。二人とも、しっかり掴《つか》まってろよ』

森の中を飛ぶように駆けていくシルヴァンに乗っていると、思わず声が出てしまう。

『うわぁ、凄い凄い！』

凄《すさ》まじいスピードで流れていく景色は、ジェットコースターなんかよりもずっと迫力がある。

ちなみに、ここはもう故郷のファリーン王国じゃない。シルヴァンのおかげで昨日から、ファリーンの東にあるエディファンという国に入っていた。

エディファンは獣人の王国で、前から一度来てみたかったのよね。

ファリーンには、殆《ほとん》ど獣人はいないから、ぜひ会ってみたくて。

エディファンに入って街道沿いに行くと、人目もあってシルヴァンの背中に乗れないから、森の中を通っていた。そこで出会ったのが白耳リスのリン。

森にある泉のほとりで、シルヴァンと休憩をしていた時にリンと出会った。

木の枝の上でしょんぼりとして元気が無かったから声をかけたんだけど、最初リンはとても驚いていた。

それはそうよね、人間に声をかけられたんだから。

でも私たちはすぐに仲良くなって、リンからあることを頼まれたのだ。

それを果たすため、私たちはリンと会った泉のほとりに戻ってきていた。

『着いたぜ、ルナ』

『ええ。ありがとう、シルヴァン』

シルヴァンに礼を言うと、ふとリンの尻尾が私の頬に触れた。

驚いて見れば、リンの耳が不安げに垂れ下がっている。その手には、大事そうにしっかりとカリンナの実が握《にぎ》られていた。

『ねえ、ルナぁ……ママ治るかなぁ』

『リン、そんな顔しないで。私たちもできる限りのことをするから』

『うん！　ありがとう、ルナ』

リンはそう言って大きな尻尾を振りながら、私たちの前に生えている一本の木を駆け上がっていく。

そして、その幹《みき》に空《あ》いた小さな穴の中に姿を消した。

あそこがリンの家なのだ。暫《しばら》くすると、ぐったりとしたリスがリンと一緒にそこから姿を見せる。

リンの母親のメルだ。

『シルヴァン、お願い。さっきよりも元気が無いみたい、急がないと』

『ああ、分かった！　ルナ』

シルヴァンは頷《うなず》くと、軽やかに地面を蹴《け》ってリンたちの傍の枝に立ち、二人を頭の上に乗せる。

そして、ふわりと私の横に着地した。

シルヴァンは、リンと母親のメルを柔らかい草の上にそっと下ろす。

『ママ、ママ！　しっかりして』

『リン、泣かないの……私が死んだら、貴方は一人で生きていかなくてはいけないのよ』

『やだもん！　そんなのやだぁ！』

まるで駄々《だだ》っ子のようにそう言って、メルに体をすり寄せるリン。

メルの全身には赤い斑点《はんてん》ができている。これは白耳リスに特有の病気だ。

メルは苦しげに顔を歪《ゆが》ませながら、ルナに言う。

『カリンナの実でよくなると思って昨日も食べてみたのですけど……。ルナさんありがとう。自分の体のことは自分が一番分かるわ、もう長くないって』

『諦めないでメル、私が必ず治すわ！』

この病気の治療にはカリンナの実が効く。メルたちも本能的にそれを知っているのだろう。

だが、場合によっては進行が早くて、とてもカリンナの実だけでは治らないことがある。

『ルナ』

シルヴァンが崖《がけ》で採《と》ったミルファンナの薬草を咥《くわ》えて私に渡す。

『ありがとう、シルヴァン』

この薬草はカリンナの実の効能を強めてくれる。

シルヴァンは真剣な表情で私に言った。

『普通に薬を作っている暇は無いな、ルナ』

『そうね、シルヴァン。それじゃあ間に合わない。【E・G・K】の力を使うわよ！』

私は、シルヴァンが差し出したミルファンナの薬草とカリンナの実を手に、静かに口を開いた。

「E・G・K、レンジャーモード発動」

私がそう言うと、目の前に様々な文字が並んだ半透明のパネルが現れた。よくゲームで見る、ステータス画面のようなものだ。

そこにはこう記されている。

名前：ルナ・ロファリエル
種族：人間
職業：獣の聖女

Ｅ・Ｇ・Ｋ：レンジャーモード（レベル７５）
力：３１５
体力：３２７
魔力：２７０
知恵：５７０
器用さ：４７２
素早さ：５２７
運：２１７
物理攻撃スキル：弓技、ナイフ技
魔法：なし
特技：【探索】【索敵】【罠解除】【生薬調合】
ユニークスキル：【Ｅ・Ｇ・Ｋ】【獣言語理解】
加護：【神獣に愛された者】
称号：【獣の治癒者】

——私には、動物と話せること以外にも不思議な力がある。

それは、私が元の世界でハマっていた『E・G・K』の、様々なキャラクターの力を使うことができる能力だ。

私は今、そのレンジャーの力を選択している。

『職業』の次に書かれている『E・G・K：レンジャーモード』というのがその証。

あのMMOゲームの中では、弓やナイフを扱うのが得意な職業だ。でも、私が今この職業を選んだのはそれが理由じゃない。

レンジャーの特技の一つ、薬草などを素材にして薬を作る力――【生薬調合】を使うためだ。

ちなみに、私が持っているそれ以外の力もステータス画面に反映されている。

【獣言語理解】は文字どおり動物たちの言葉を理解できる力、【神獣に愛された者】はセイラン様に加護を受けている証である。

【獣の治癒者】は動物たちを治癒する力を高めてくれる、元獣医の私にはもってこいの称号だ。

私は特技の中の一つ、【生薬調合】を使うため叫ぶ。

「特技、【生薬調合】を選択！」

私の言葉に反応するように、先程現れた半透明のモニターに文字が映し出される。

〈【生薬調合】を選択しました。称号【獣の治癒者】の力でスキルが変化します。構いませんか？〉

「ええ、構わないわ。やって頂戴！」

〈分かりました。特技【生薬調合】が変化、【獣薬調合】が発動。生薬を調合し、獣に対しての特効効果を付与します〉

私は、ミルファンナの薬草とカリンナの実の上に右手をかざした。すると、地面の上に黄金の魔法陣が描《えが》かれていく。

「いくわよ！【獣薬調合】‼」

黄金の光が薬草とカリンナの実を包み込む。リンはそれを見て驚いたように目を見開いた。

『きゃ！　ルナ、なんなのこれ⁉』

光が消えると、薬草と木の実は無くなり、私の右手には淡い光を放つ小さな丸薬だけが載《の》っている。

私はそれをリンに渡した。

『リン、これをメルに飲ませてあげて』

『う、うん。ルナ』

リンはまだ目を白黒させていたけど、母親のメルに薬を飲ませる。

薬を口に含むと、弱りきったメルの喉が弱々しく動いた。丸薬から放たれる黄金の光が、ゆっくりとメルを癒《いや》していく。

『ママ！　ママ！』

心配そうなリンの頭をシルヴァンがそっと舐《な》めている。

私はシルヴァンの体をギュッと抱き締めて、メルの回復を祈った。

みんなでメルの様子を固唾《かたず》を呑んで見守っていると、淡い光が消えていくのと同時に、メルの体の赤い斑点《はんてん》が消える。それを見てリンが叫んだ。

『ルナ！』

私はメルのふさふさの体毛を触りながら、地肌からその斑点《はんてん》が無くなったのを確認した。

『ええ、もう大丈夫よ！』

メルは自分の体を驚いたように眺《なが》めた後、涙を流して私を見つめた。

『ああ、まさかこんな……ありがとうございます！　ありがとうございます!!』

体をすり寄せ合うメルとリン。

そして、リンは嬉しくて仕方ないといった様子で私の周りを走りまわる。

『ルナありがとう！　大好き!!』

そう言って私の体を駆け上がると、私に頬ずりをする。

リンの最大の感謝の気持ちだろう。私も嬉しくて、リンの頭を優しく撫でた。

メルは私たちに何度も頭を下げて言った。

『ルナさん、貴方は私たちにとって女神様です！　本当にありがとうございます。このお礼はきっと致しますわ』

『女神様だなんてオーバーよ、メル』

私の言葉にシルヴァンが頷《うなず》く。

『そうそう、女神にしてはルナはお転婆《てんば》だもんな』

『もう！　シルヴァン、それどういう意味？』

『へへ、だってそうだろ？』

私が頬を膨《ふく》らますと、メルとリンは顔を見合わせて笑う。

それを見て、私とシルヴァンも思わずつられて声を上げて笑った。

とにかくよかったわ、手遅れにならなくて。薬草が見つかるのがもう少し遅かったら、どうなってたか分からない。

傷を塞《ふさ》いだりするだけなら『E・G・K』のヒーラー系の職業にモードチェンジした

らなんとかなるけれど、病気はそうはいかないのだ。

ミルファンナの薬草とカリンナの実が無ければ、【獣薬調合】だって使えなかった。

『薬草とカリンナの実を探してくれた、シルヴァンとリンのお手柄ね！』

メルはそれを聞いて、二人にお礼を言った。

『シルヴァンさん、ありがとうございます。リン、ありがとう』

『えへへ、だってママに元気になってほしかったんだもん！』

『気にするなって。僕も昔、ルナに助けてもらったことがあるんだからさ』

シルヴァンの言葉に思わず昔を思い出す。あの時は大変だった。

『E・G・K』のヒーラーの力で取りあえず傷は塞《ふさ》いだものの、感染症を引き起こし、酷く化膿《かのう》していたのだ。

両親に頼んで必要な薬草を集めて薬を作り、弱ったシルヴァンに少しずつ飲ませたのよね。

メルよりも酷い状態だったから、元気になるまで数日つきっきりだった。

私が見つけるのがもう少し遅かったら、助からなかったかもしれない。

リンが私を見つめて首を傾げた。

『ルナ、どうしたの？　目が赤いよ』

『ふふ、ごめんねリン。なんでもないわ、シルヴァンと出会った時のことを少し思い出してたの』

やだ、シルヴァンが死んじゃってたらって思ったら涙が出てきた。

シルヴァンは私の家族だもの。いないなんて想像もできない。

そんな私の顔を見つめて、シルヴァンは照れたように言った。

『目が覚めてさ、ちっちゃなルナが涙を一杯浮かべて僕を見てたんだ。そしてそっと抱き締めてくれて……なんだかその時、ルナが小さな女神様に思えたんだ』

私はシルヴァンをギュッと抱き締める。

『あら、こんなお転婆《てんば》な女神はいないんでしょ？』

私がシルヴァンの顔に頬を寄せると、彼は照れているのかツンとソッポを向く。

このツンデレさが、いつも私の心を鷲掴《わしづか》みにするのだ。

私はシルヴァンのもふもふした毛並みを心ゆくまで堪能《たんのう》する。

すると、リンが何かを思い出したように私に言った。

『そうだルナ！　ルナに見せたいものがあるの』

『私に見せたいもの？　なあにリン』

『待ってて！　取ってくるから』

そう言って、リンは彼女たちの家がある木に登っていく。そして巣穴から小さな光る玉を持ってこちらに下りてきた。

それから愛らしい顔で私を見上げると、それを小さな両手で私に差し出した。

『ルナ！　これあげる、リンの宝物なの』

それは、まるで宝石みたいに綺麗な石だった。光を浴びて虹色に輝いている。

『あら、綺麗ね。でもいいの？　リンの宝物なんでしょ』

『えへへ、いいの。ルナに持っていてほしいんだもん！』

もしかすると、誰かが昔アクセサリーに使っていたものかもしれない。

でも、宝石にしては見たこともない不思議な色だ。石は綺麗に磨《みが》かれ、そのふちには紐《ひも》を通す小さな穴が開いている。

『不思議な石ね。リン、どこで見つけたの？』

『えっとね、リンがこの泉のほとりで見つけたの。最初は泥だらけだったのよ。でも、ちょっとだけ綺麗なところが見えてリンが一生懸命磨《みが》いたの』

誰かがここに捨てたのかな？　こんなに綺麗なのに勿体《もったい》ない。

『へえ、そうなのね。リンが磨《みが》いたのね』

『うん、どんどん綺麗になるのが楽しくて！』

こちらをキラキラとした目で見上げるリン。自分の宝物に、私が興味を持ったことが嬉しいみたい。

リンの宝物を貰うのは少し気が引けるけど、断ったらかえってがっかりするよね。せっかくの贈り物だもの。

私はリンにお礼を言った。

『ありがとうリン。大事にするわ！』

『うん！　ルナ！』

私の周りを嬉しそうに駆けまわるリン。

近くの町に行ったら、紐《ひも》を買ってこれに通してみよう。ネックレスにしたら素敵かも。

胸を躍《おど》らせつつ石を眺《なが》めていると、メルは私に乞《こ》うように言った。

『ルナさん、私にもお礼をさせてください。私に何かできることはありませんか？』

『いいのよメル。気にしないで』

私がそう言うと、メルはしょんぼりする。

『命を救って頂いたんです。何もお礼ができないのでは申し訳なくて』

そんなメルを見つめながら私は答えた。

『分かったわメル。じゃあ、一つお願いしたいことがあるの』

『なんですか、ルナさん！　なんでも言ってください』
私はメルに願い事を言うと、メルは頷《うなず》きながらそれを聞く。
『どうかしら、お願いできる？』
『はい！　それでしたら、うってつけの相手を知っていますわ。私に任せてください』

◇◇◇

あの後、私はメルに案内されてとある場所を訪ねていた。
私が切り株の上に腰を下ろしていると、膝《ひざ》の上にリンが駆け上ってくる。
『ねえ、ルナ。持ってきたよ！』
『ふふ、ありがとうリン』
私の膝《ひざ》に小さな白い花を置くリンに、私は笑みを向けた。
『わたしも、わたしも！』
『これでいいのぉ？』
そう言ってリンと同じ花を置いたのは、羊のような角を生やした白いうさぎだ。
羊うさぎのスーとルー。二人は姉妹で、リンとも仲良しみたい。

本で絵を見たことがあるけど、実際に見るのは初めてだわ。

ぴょんぴょん跳《は》ねる白うさぎの頭にある丸まった角が、なんとも愛らしい。

リンがスーの頭の上に乗っているのが可愛くて、思わず抱き締めたくなる。

『ありがとう、スー、ルー！』

『えへへ、褒《ほ》められちゃった』

『ルーたち、一杯咲いてるところ知ってるんだから！』

私とはさっき知り合ったばかりなのに、優しい二羽はリンと一緒に私が頼んだ花を摘《つ》んできてくれた。

彼女たちについていってくれたシルヴァンも戻ってくる。シルヴァンの口にも、白い花が咥《くわ》えられていた。ハルミルラの花だ。

本当は私も一緒に花を摘《つ》みに行くつもりだったんだけど、ある事情でここを離れることができなかった。

私はその花の上に手をかざして【獣薬調合】を使う。そして、出来上がった丸薬を大きな葉っぱの上に置く。

リンたちが沢山摘《つ》んできてくれたから、おにぎりぐらいの大きな丸薬ができたわ。

だって、相手が相手だから。これぐらいのサイズじゃないと効きそうもない。

――そして、その『相手』は今、私のことを睨《にら》んでいる。

『少し時間をくれというから何かと思えば、人間よ、これは一体なんのつもりだ？　気が済んだなら出ていけ。ワシは人間など信用しておらんと言ったはずだぞ！』

それを聞いてメルが彼に言った。

『バルロン様、ルナさんは特別です！　私の病気だって治してくれたんですから』

私たちの前に、どっしりとうずくまっているのは大きな大きなイノシシだ。

ジャイアントボアという魔獣で、本で読んだよりも遥かに大きい。私が元いた世界でいえば、小さなトラックぐらいはある。

魔獣というのは普通の獣とは少し違う、珍しい生き物なのだ。

魔獣の中でも長く生き特別な力を持った個体は、聖獣や神獣と呼ばれるようになることもある。

セイラン様みたいな神獣になれるのはよっぽどのことだけどね。

メルが紹介してくれたのが彼、ジャイアントボアのバルロン。この森の主だって聞いている。

せっかくメルやリンと知り合ったのだから、この森の動物たちにもっと会えないかしらってメルに相談したのよね。

するとメルに、それならまずは森を治める主のバルロン様に会ってほしいって言われて、ここに来たのだった。

その大きな体と牙で、外敵からこの森を守っているそうだ。口元にある、まるで象牙《ぞうげ》のような牙はとても立派。

メルは彼に私を紹介してくれたものの、バルロンは人間は嫌いみたいで、すぐに出ていけと言われてしまった。

仕方ないと思って立ち去ろうとしたんだけど、気になることがあって……

私はバルロンに尋ねる。

『怪我をされてますよね？　それも酷い怪我を……さっきから立とうともしないもの。痛みを耐えているのでしょう？』

『黙れ！　余計なお世話だ！　人間の小娘め!!』

バルロンは巨大な体を揺らしながら立ち上がると、私を睨《にら》みつけた。

その迫力に、メルやリン、そしてスーたちも縮こまる。

しかし、すぐにバルロンの巨体は横倒しになった。

無理に立ったからだろう。立ち上がった時に見えた足は、やはり酷い傷を負っていた。

『ぐぬぅうう！』

『やっぱり……。私なら貴方を治せます。傷を塞《ふさ》いだ後、この薬を飲めば化膿《かのう》止めになるの。出ていく前に治療だけはさせてください』

『……断る。これは人間どもに付けられた傷だ。それを人間のお前に治してもらうなどと』

バルロンの言葉に、私は首を傾げた。

『どういうこと？　魔獣は珍しい生き物だもの。獣人の王国エディファンでは保護されてるって聞いたわ』

すると、いつの間にか、傍の木の上に座っていた小さな白い猿——ジンが私に言った。

『なんだよ知らないのかい？　密猟者さ、ジャイアントボアの牙は高く売れるからな。バルロン様は強いから、今までは密猟者も手を出せなかったんだけど……』

『密猟者？』

私の問いに頷《うなず》いて、ジンは続ける。

『俺は人間に飼われてたことがあるから、連中の言葉が分かるんだ。隣の国の王子様が新しい婚約者を迎えるんだってさ。そのために、一番立派なジャイアントボアの牙を取ってこいって命令したんだって。凄い大金が貰えるそうだぜ。俺が人間の言葉が分かるなんて知らずに、ベラベラと喋《しゃべ》ってたよ』

シルヴァンが心底嫌そうな顔をして私に言った。

『おい……ルナ、その隣の国の王子ってもしかして』

『ええ、多分ジェラルドだわ。そんな馬鹿な命令をする隣国の王子なんて、あいつぐらいだし』

イザベルを婚約者にするかどうかは、もう私の知ったことじゃないけれど、一国の王子が密猟を指示するなんて！

ファリーンでも、ジャイアントボアの牙の取引は禁じられている。

それを使って作られた調度品は、裏では貴重品として取り扱われているって噂を聞いたことがある。でも、王太子が自《みずか》ら法を破るなんて考えられない。

エディファンとファリーンは同盟国なのに、こんなことが分かったら両国の関係だって悪くなるに決まってる。

他国の王子が、エディファンでこんなことをさせていたなんて知ったら、獣人の王だって激怒するはず。

一体何を考えてるの、あの馬鹿王子は！

『ぐぬ、密猟者ごときにこのワシが不覚を取るとは。あの獣さえ連中に味方をしておらねば……』

悔しそうにそう言って、牙を打ち鳴らすバルロン。

『あの獣って？』

不思議に思った私が、バルロンに問いかけたその時――

シルヴァンの耳がピンと立つ。私も思わず身構えた。

『ルナも感じたか？』

『ええ、今はレンジャーモードだから。【索敵】に確かに反応したわ』

強い悪意を持った人間が三人、そして、大きな獣が一頭、こちらに近づいている。

森の主であるバルロンも感じたのだろう、再び立ち上がろうとしたけれど、うめき声を上げてうずくまってしまった。

『ぐぬ！　連中め、追い返したと思ったがまた来おったか。おのれ、体の自由も利かぬとは情けないことよ』

敵のいる方向を鋭く睨《にら》みながら、シルヴァンは私に言った。

『どうするルナ？　連中、どんどんこっちに近づいてくるぞ』

『ええ……』

不安げなメルとリン、そしてスーたち。

『バルロン様！』

『ママ、怖いよぉ』

『スー、わたしたちどうなるの？』

『そんなの、分かんないよルー……うぇ、うえええん！』

泣き出す羊うさぎたちを前に、私はシルヴァンに言った。

『シルヴァン、行きましょう。このままにはしておけないわ！』

私の言葉にバルロンが声を上げる。

『待て小娘！　本当にお前の言うとおりにすれば、この怪我が治るのだな？』

『ええ、でも時間が無いわ』

『分かった、この傷を治してくれ！　ワシはこの森の主だ、みなを守らねばならぬ』

泣いているスーたちを見て奮い立ったのか、力強くそう告げるバルロン。そんな彼に私はしっかりと頷《うなず》く。

『もうそこまで迫ってきてる！　すぐに治療にかかるわよ』

『分かっておる！』

バルロンの言葉に私は再び頷《うなず》くと『E・G・K』の力を使う。

「E・G・K、シスターモード発動！」

いつもの半透明のモニターに、私のステータスが浮かび上がる。

そこにはこう記されている。

名前：ルナ・ロファリエル
種族：人間
職業：獣の聖女
E・G・K：シスターモード（レベル85）
力：112
体力：215
魔力：550
知恵：580
器用さ：337
素早さ：452
運：237
物理攻撃スキル：なし
魔法：回復系魔法、聖属性魔法
特技：【祝福】【ホーリーアロー】【自己犠牲《ぎせい》】
ユニークスキル：【E・G・K】【獣言語理解】

加護：【神獣に愛された者】
称号：【獣の治癒者】

ヒーラー職のシスターで、私は回復魔法を選択しバルロンにかける。

すると、見る見るうちにバルロンの足の傷が塞《ふさ》がっていく。

【獣の治癒者】の称号を持つ私が使うと、獣に対して回復魔法の効果が高まるのだ。

驚いたように声を上げるバルロン。

『ぐぬ！　あの傷があっという間に！　なんということだ‼』

信頼してくれたのか、バルロンは私が手にしていた丸薬を勢いよく口にする。そして、
彼は顔をしかめた。

『うぬ！　これは苦い、もう少しましな味にはできんのか⁉』

『贅沢《ぜいたく》言わないで！　今はそれどころじゃないでしょ。まったく、大きな体をして情けないわね』

『何を？　生意気な小娘だ！』

私に怒られて、バルロンは目を白黒させる。だって、本当に今はそれどころじゃないし。

この際、化膿《かのう》止めの丸薬は後でもよかったのに、勝手に食べちゃったから……

小さくため息を吐く私を尻目に、雄々《おお》しい姿ですっくと立ち上がるこの森の主。

『バルロン様！』

メルが驚いた様子で声を上げた。スーやルーも泣き顔から笑顔に変わる。

『治ったの？　バルロン様！』

『ルナ！　凄い!!』

自分たちを守ってくれる頼もしい存在の復活に、二羽の羊うさぎたちがぴょんぴょん辺りを跳びまわる。

リンは私の肩の上に駆け上がって胸を張った。

『でしょ！　ルナはとっても凄いんだから！』

バルロンは私の傍に立つと前方を見つめた。

『小娘、一つ借りができたな』

『いいのよ。さあ、さっさと敵を倒しちゃいましょう』

『うむ、分かっておるわ！』

私がさっき【索敵】で感じた気配は、もうすぐ傍まで来ているはず。

『――そうだわ！　シスターの特技を使えばいいのよ』

『なんだそれは？』

「すぐに分かるわ。特技【祝福】を選択！」

〈【祝福】を選択しました。一時的に仲間のステータスが飛躍的に高まります〉

バルロンとシルヴァンの体を光が包み込む。

『ぬお！　なんだこれは！　力が漲《みなぎ》るぞ』

目を見張るバルロンの横で、シルヴァンが叫んだ。

『ルナ！　バルロン！　来るぞ！』

『ええ、二人とも気をつけて！』

『分かっておるわ！』

私の言葉に頷《うなず》くバルロン。次の瞬間――

凄《すさ》まじい咆哮《ほうこう》を上げて、目の前の茂《しげ》みから何かが飛び出してきた。

見ると、双頭の巨大な黒い犬だった。

密猟者たちが使っている猟犬に違いない。ダブルヘッドハウンドと呼ばれる強力な魔獣だ。

魔獣は唸《うな》り声を上げて、迷うことなくバルロンに向かって走ってくる。悲鳴を上げるリンたち。

『ぬうぉおおおおお‼』

バルロンは咆哮《ほうこう》を上げながら、正面から黒い魔獣と激突する。

物凄い衝撃音と共に、ダブルヘッドハウンドは木に吹き飛ばされた。

シスターの【祝福】の効果がてきめんだわ。猟犬の目は驚愕《きょうがく》に見開かれている。

『馬鹿な……まだ傷は癒《い》えてないはずだ！』

『あり得ねえ、弱ってる頃合いだと思ったのに、前よりも強くなってやがる！』

猟犬の二つの首が、自分たちの体を押さえつけているバルロンを忌々《いまいま》しげに睨《にら》んでいる。

『生憎だったな小僧！　こっちには心強い女神がついておってな』

「うぁああ！　なんだこいつは‼」

叫び声のした方向に目を向けると、シルヴァンが密猟者の一人の体を押さえつけていた。

残りの二人が、手にした弓をシルヴァンに向ける。でも、次の瞬間、その弓は密猟者の手から弾かれていた。

私の右手には、白く輝く魔法の弓が握《にぎ》られている。そこから放たれた聖なる矢、ホーリーアローが彼らの弓を弾き飛ばしたのだ。

シスターの特技で、数少ない攻撃手段である。エフェクトが格好よくて、前世ではいつも使ってたのよね。

私が助けなくても、シルヴァンのことだから残りの密猟者もやっつけただろうけど、シルヴァンに弓を向けている姿を見たら咄嗟《とっさ》に体が動いてしまった。

私の弟に弓を向けるなんて許せないもの。

「くっ！　どうして人間がこんなところに！」

弓を弾かれた腕を押さえながら、そう叫ぶ密猟者たち。

「残念だったわね！　この国では密猟は重罪よ、役人に引き渡すからそのつもりでいて！」

もしも本当にジェラルドが彼らに密猟を命じたのなら問題になりそうだが、このまま見過ごすなんてできない。

放っておけば、同じことを繰り返すに違いないんだから。

バルロンたちと連携し、密猟者とその猟犬を倒して、私はほっと一息吐く。

その時、シルヴァンが切羽《せっぱ》詰まった調子で叫んだ。

『しまった！　ルナ、敵はこいつらだけじゃない、いつの間にか囲まれてるぞ！』

『え？　そんな！』

私は慌ててシスターからレンジャーにモード変更する。

すると【索敵】に一斉《いっせい》に反応が浮かび上がった。シルヴァンが言ったとおり、周囲をすっかり囲まれている。

まるでさっきまで、気配を隠していたかのように。

『来るぞ！　ルナ』

唸《うな》り声を上げるシルヴァンに、私も身構える。

でも……

茂《しげ》みを抜けてやってきたのは、密猟者とは思えない整った身なりの、端整な獣人族の騎士だった。

あんまり素敵なので、少し見惚《みと》れてしまったほどだ。

燃え上がるような真紅の髪を靡《なび》かせて、颯爽《さっそう》とこちらに向かって歩いてくる。髪の色にピッタリの赤い軍服がとてもよく似合っていた。

長身の彼の耳の形から察するに、獣人族の中でも珍しい獅子《しし》族かしら？　本での知識が殆《ほとん》どだから確信は無いけど、堂々として凛々《りり》しいその雰囲気から、間違いない気がする。

彼が現れると、周りからも沢山の騎士たちが姿を現した。

最初に現れた紅髪の騎士が辺りを見回して言う。

「これはどういうことだ？　我らが来る前に密猟者どもが倒されているとは」

「はい、殿下。おかしな話もあるものです」

殿下？　今あの人、殿下って呼ばれていたわよね。

聞き間違いかな。こんなところに一国の王子がいるはずないものね。とにかく、この人たちは密猟者じゃないみたい。

きっと密猟者を追いかけてきた人たちだろう。私はホッとして彼に声をかけた。

「あ、あの、貴方たちは？」

私の言葉を聞いて、その紅髪の騎士は、何故か物凄く冷たい目でこちらを見た。

「お前たちを捕らえに来たに決まっているだろう？　まさか密猟者の中に女がいるとはな」

え？　どういうこと？　もしかしてこの人、私を密猟者と勘違いしているの？

彼は困惑する私の腕をしっかりと掴《つか》む。

「ちょっと、何するの!?」

前言撤回！　ちょっと素敵だと思ったけど、なんなのこの人。人の話も聞かずに決めつけて、失礼だわ！

私は腹が立って彼に抗議した。

「ちょ、ちょっと待って。私は密猟者なんかじゃないわ！」

「いいから一緒に来い。言い訳は後でゆっくりと聞いてやる」

「ちょっと、ふざけないで！　放してよ！」

私の腕をぐいぐいと引っ張る男に、私はカチンときて言い返した。

白い猿のジンが木の上でみんなに向かって叫ぶ。

『大変だ！　ルナが密猟者と間違えられて連れてかれちまうぜ！』

それを聞いてリンが、私の腕を掴《つか》む男の体に駆け上ると、小さな手でその頬を何度も叩く。

『バカバカバカぁ！　ルナは悪くないんだから!!』

すぐにメルもそれに加わる。

『そうよ、ルナさんを放して！』

羊うさぎたちも、丸まった角で彼の足に頭突きをした。

『このぉ！』

『ルナをいじめないでぇ！』

バルロンも大きな体で私を守るように傍に立つ。

『ルナは我らの恩人、密猟者などではない！』

シルヴァンは私の前に立って牙を剥《む》く。

『なんだよ、こいつ！　遅れてきたくせに偉そうにさ！』

そんなリンたちの様子を見て、傍で控えていた騎士の一人が進み出る。

そして、私の手を掴《つか》む紅髪の男に声をかけた。

「アレク様、この女性は密猟者ではないのでは？　まるで動物たちが彼女を守っているように思えます。それにそんなことをするレディには見えませんが」

「れ、レディ？」

そう呼ばれて私は思わず顔が赤くなる。

私を『レディ』と呼んだ男性は、私の腕を掴《つか》む失礼な男とはタイプが違う美男子だった。知的で優しそうな笑顔と、私のことをレディって呼ぶその紳士的な態度が素敵な人だ。水を思わせるほど青い髪が美しい。

髪の色と獣耳の形から多分、青狼《せいろう》族じゃないかと思う。確か獅子《しし》族と同じで獣人族の中でも珍しい種族だったはず。ちなみに、獣人族には動物の血が入っているが、彼らは動物の言葉を理解することはできない。

とはいえ、こんな美しい二人が街を歩いていたら、振り返らない女性はいないだろう。

まあ、一人はかなり強引な男だけどね！

よりにもよって、私を密猟者扱いするなんて酷いわ。みんなで頑張って退治したんだから！

ジロリと失礼男を睨《にら》みつけると、彼はリンを摘《つ》まみ上げてジッとその顔を見る。

「動物が守っているだと？　本気で言っているのか、ルーク」

アレクと呼ばれた騎士に摘《つ》ままれたリンが叫ぶ。

『何するの、放してよ！　バカバカ！　大っ嫌い！』

必死に暴れるリン。私は慌ててアレクに詰め寄る。

「やめて、リンを返して！」

「リンだと？　この白耳リスのことか」

「そうよ！　私の大事な友達なんだから」

赤毛の騎士は、呆れたような顔で私にリンを手渡す。

「何が友達だ。まったく、おかしなことを言う女だ」

リンはべそをかきながら私にしがみつく。

『ふぇえええん！　ルナ、怖かったよぉ』

『ごめんねリン。私のためにありがとう』

『えぐっ……だって、ルナが連れていかれちゃうって思ったんだもん』

泣きじゃくるリンを見て、メルとスーたちがアレクを見上げて叫ぶ。

『酷いわ！』

『リンをいじめたなぁ！』

『大っ嫌い！』

そんな中、アレクは私を一瞥《いちべつ》すると暫《しばら》く考え込んで言った。

「確かに、こんなおかしな女が密猟者だとも思えんな」

言うに事欠いて、おかしな女なんて言い方がある？　私は顔をしかめて彼に詰め寄る。

「何よ、ほんとに失礼な人ね！　おかしな女ってどういう意味？　そんな風だから動物たちに嫌われるのよ。みんな貴方のこと大嫌いだって言ってるんだから!!」

「な、なんだとお前、俺を誰だと思ってる！」

「そんなの知らないわよ！　私だって貴方のことなんか大っ嫌い！」

一瞬たじろぐ失礼男。それを見て、ルークさんが声を抑えながら笑っている。

「ルーク！　お前、何を笑っている」

「ふふ、ふふふ。すみませんアレク様、でもおかしくて。女性の憧れの的であるアレクファート殿下に、面と向かって大嫌いなどと仰る女性がいるとは。今の殿下の驚いた顔を見ましたらつい」

え？　アレクファート殿下……今そう言ったよね。

嘘でしょ、もしかしてこの失礼男って。

さっき、別の騎士も殿下って呼んでた気がする。聞き間違いだと思ってたけど……

私はサッと顔が青ざめるのを感じた。

どうして？　あり得ないわ。もしそうなら、なんでこんなところにいるのよ。

だって、密猟者を追いかける立場の人間じゃないはず。

間違いであってほしいという一縷《いちる》の望みを打ち砕くかのように、ルークさんは微笑みながら私に言った。

「申し遅れました、勇ましいレディ。私はルーク。こちらにおられるお方は、我が主アレクファート王子殿下にございます。貴方が密猟者でないことは信じますが、わけあって我らも重要な事件を追っているのです。少しばかり事情をお伺いしたいので、ご同行願えませんでしょうか？」

「え？　同行って一体どこに？　それに重要な事件ってなんですか？」

私の疑問にアレクが代わりに答える。

「お前は馬鹿か？　どこの誰とも分からんお前にペラペラと話せることなら、重要な事件とは言えまい」

「ば、馬鹿って！　失礼じゃない！　ほんと貴方なんか大っ嫌い!!」

――はっ！　しまった……この人って王子様なのよね。

獣人の国エディファンのアレクファート王子って、確か第二王子のはず。

病弱な第一王子に代わって、将来国王になるかもしれないって噂を聞いたことがある。

ルークさんは嘘を言うようなタイプには見えない。

ってことは、この人が本当にエディファンの王子様ってこと？

アレクは私の言葉に目を見開く。

「こ、この女！　ルークの話を聞いてなかったのか!?　俺はこの国の王子だぞ！」

「ふふふ、もう駄目です、おかしくてたまりません。どうやらこのお方には、殿下のご威光も通じないようですね。普段、女性にぞんざいな殿下にはいい薬です」

「ふん、俺の妃になることが目的で迫ってくる女どもには興味が無いだけだ」

私の肩の上でリンがアレクを睨《にら》んでいる。

『このぉ！　ルナには手を出させないんだから』

スーとルーも再び頭の角でアレクの足に頭突きする。

『帰れぇ！』

『悪者は森から出ていって！』

可愛い仲間たちが私を守ろうと、懸命にアレクを攻め立てる。言葉は分からなくても、アレクの態度が悪いのは一目瞭然《いちもくりょうぜん》だもの。

私は苦笑しながら、愛らしくも頼もしい仲間たちに伝える。

『大丈夫よみんな。この人、とっても意地悪だけど、もう私を密猟者だとは思ってないみたい。私に少し話が聞きたいんですって』

私を守るようにして傍に立っているバルロンが首を傾げる。

『ルナ、お前に話を聞きたいとな？』

それを聞いてお猿のジンが声を上げた。

『騙《だま》されるなよ、ルナ。そんなこと言って、きっとルナをここから連れていくつもりなんだ！　密猟者と一緒に、牢屋《ろうや》に閉じ込められるに決まってる』

リンも不安そうな顔をする。

『ルナ、あんな奴についていっちゃ駄目！』

『スーも心配だよぉ』

『ルーもぉ』

そう言ってこちらにぴょこぴょこ跳《は》ねてきて、私の足に頬をすり寄せる羊うさぎたち。

その姿が可愛くて微笑んでいた時、密猟者に縄をかけ終わった騎士が王子に報告に来た。

「アレク様、このご婦人の仰っていることは間違ってはいないようです。連中の一人を締め上げましたところ、どうやらこのご婦人が密猟者どもを倒したようでございます」

「馬鹿馬鹿しい、この女がか？」

「ですが殿下、密猟者どもにそのような嘘を吐く理由があるとも思えません」

それを聞いてルークさんが少し驚いたように私を見る。

「驚きましたね。こんなに美しいレディが……」

「え？　そ、そんな美しいだなんて」

そんな綺麗な顔に見つめられると恥ずかしくなる。アレクは最低だけど、ルークさんはとても紳士的だ。

少し照れていると、アレクがこちらを一瞥《いちべつ》して言った。

「ルーク。お前、目が悪くなったのか？」

……この馬鹿王子。貴方は少し黙っててくれない？

せっかくルークさんに褒《ほ》めてもらったのに。

青い髪の貴公子、ルークさんは、再度私を見つめると一礼する。

「大変失礼致しました。どうやら貴方には借りができたようですね。あらためてお願い致します。客人として我らと共にエディファルリアへおいで頂けないでしょうか？　お伺いしたいこともございます故」

「エディファルリアってエディファンの都じゃないですか？」

「はい、森の外に馬車が控えておりますので」

この森を出ればそう遠くはないはずだけれど、突然のことで戸惑ってしまう。

ルークさんの言葉は丁寧だが、断れない雰囲気を感じる。

さっき話していた、重要な事件に関係があるのかしら。

そもそも、普通の密猟者をこんな騎士たちが追いかけてくることがおかしい。

どう見ても王国の立派な騎士団って雰囲気だもの。密猟者たちは、次々に騎士たちに連れられていく。

ふと横を見ると、アレクがジッと私を見ている。

もしかして、まだ疑っているの？　本当に失礼ね！

そう思ったらまた腹が立ってきた。こちらに、やましいことは何も無い。

私は少しアレクを睨《にら》んだ後、ルークさんに返事をした。

「分かりました、ルークさん。エディファルリアに一緒に参りますわ。でも一つだけこちらも条件があります、聞いて頂けますか？」

私の言葉にアレクが口を挟んだ。

「条件だと？　まったく図々しいな。言ってみろ、どんな条件があると言うんだ」

「貴方には言ってません。私は今、ルークさんに話してるんです！」

私はそう言って、べぇと小さく舌を出した。

「くっ！　こ、この女……」

顔を真っ赤にしながら私を睨《にら》む王子を見て、ルークさんは笑いを堪《こら》えている。

「どうぞ仰ってくださいレディ。先程も申し上げましたとおり、貴方はあくまでも客人。非礼な真似は致しませんから、どうかご安心を」

そりゃあルークさんに対しては心配してないけど、隣にいる赤毛の王子は非礼の塊《かたまり》だからね。

私は笑みを浮かべつつ、ルークさんに申し出る。

「ルークさんたちのお調べになっていることには、なるべく協力致します。でも、必要の無いことは詮索《せんさく》しないと約束してくれますか？」

何しろ、私は隣の国を追放されてきた公爵令嬢だもの。

お父様が急いで用意してくださった、町娘ルナとしての偽《いつわ》りの通行手形を旅に出る時に持ってきたけど、あんまり色々詮索《せんさく》はされたくない。

婚約破棄をされてファリーンから追放されたなんて、やっぱり知られたくないのだ。私はチラリとアレクを見上げる。特にこの失礼男に知られて、からかわれるのだけは勘弁だわ！

アレクは私と目が合うと、こちらを訝《いぶか》しげに眺《なが》めて言った。

「やはり、何かを隠しているのか？　今のうちにすべて話しておいた方がいいぞ」

ほら、早速これだから。私は悪いことなんてしてないし、尋問されるいわれはないわ。

私とアレクが睨《にら》み合っていると、ルークさんがその場を取り成すように口を開く。

「殿下、おやめくださいませ。我らはこのレディに借りがございます」

ルークさんはそう言うと、私に目を向けた。

「分かりました、仰るとおりに致しましょう。ですが、せめてお名前ぐらいはお伺いしても構いませんでしょうか？」

ルークさんの言葉を聞いて、私は顔に熱が集まるのを感じた。

そうだわ、まだ名前も名乗ってなかった。

「もちろんです！　ご挨拶が遅れてしまってごめんなさい。私はルナ、どうぞよろしく」

そう言ってお辞儀をすると、ルークさんは微笑んだ。

「とても美しい名前ですね。こちらこそよろしくお願いします、ルナ様」

ルナ様って……こんな美男子に言われるとなんだか照れる。

「あ、あのルークさん。ルナ様だなんて、ルナでいいです」

もう私は公爵令嬢じゃなくて、ただの町娘のルナだから。

彼は笑みを深めると、ゆっくり頷《うなず》いた。

「分かりました、ルナさん」

「ルナか、変わった名だ」

……アレクめ。貴方には呼び捨てにしていいなんて言ってない！

私はアレクをひと睨《にら》みして、ツンとソッポを向いた。すると、シルヴァンが私に言う。

『ルナ、いいのか？　こいつらについていっても』

『仕方ないいわ、言うとおりにしないと解放してくれなそうだもの。密猟者たちの取り調べが終わってしまえば、完全に疑いも晴れるでしょうし、それまでの辛抱《しんぼう》よ』

ルークさんも、客人として丁寧に扱ってくれるって約束してくれたしね。

リンが目に涙を浮かべて私にしがみつく。

『ルナ！　行ったら駄目！　どうしても行くなら、私もついていくんだから！』

スーとルーも私の足に顔をすり寄せながら言う。

『スーも行くぅ！』

『ルーもぉ！』

スーとルーに続いて、ジンとメルが大きく胸を張って言った。

『よし！　俺も一緒に行くぜ。もしルナが牢屋《ろうや》にでも入れられたら許せねえもんな！』

『私も行きますわ』

『ちょっとメルまで。大丈夫よ、そんな心配ないから。バルロン、貴方からもなんとか言ってあげて』

バルロンは頷《うなず》くと、リンたちを諭《さと》す。

『安心せよ。見る限りこの者たちは王宮の騎士、無法はするまい』

『でもぉ、バルロン様……』

まだ心配そうなスーとルー。リンの目に浮かぶ涙は、今にも溢《あふ》れ出しそうだ。

バルロンは、そんな姿を眺《なが》めながらため息を吐くと私に言った。

『どうだルナ、こやつらの気が済むようにさせてやってはくれんか？　お前はもうワシらの仲間だ、みなお前を心から心配しておるのだろう。ワシも行ければよいが、そうもいかん』

『ルナぁ……』

瞳を揺らしつつ、リンはこちらを見つめる。私はそんなリンの頭を指でそっと撫でた。

『リンったら。そんな顔されたらお別れできないわ』

『だってぇ』

可愛いリン。

バルロンもああ言ってるし、心配をかけたままお別れっていうのは、私だって後ろ髪を引かれる。

ルークさんは紳士的だし、危険があるとも思えないものね。

私はリンの鼻を指で突いて言った。

『困った子ね。分かったわ、一緒に来る？』

『ルナ！　本当に？　一緒に行ってもいいの？』

リンの言葉に私は頷《うなず》いた。

『ええ。ちゃんとみんなを安心させて、またこの森に戻ってくるわ。だから、それまで一緒にいましょ』

『やったぁ、ルナぁ！』

嬉しさを全身に滲《にじ》ませながら、リンはしっかりと私に抱きついた。スーとルーがそんな私たちを見上げて頬を膨《ふく》らます。

『ねえスーは？』

『ルーは？』

『もちろん、スーもルーも一緒よ』

それを聞いて二人は、嬉しそうに辺りを跳《は》ねまわる。

『やったぁ！』

『ルーがルナを守るんだからぁ』

メルもジンも私の周りを駆けまわると、声を弾ませて言った。

『私も頑張りますわ！』

『へへ、バルロン様。ルナのことは任せてくれよ』

でも、ルークさんにみんなが一緒に行くことを許してもらえるかしら。

私は遠慮がちにルークさんに願い出る。

「あ、あの。ごめんなさい、この子たちも一緒に行きたいって。いけませんか？」

私の周りにいる可愛い仲間たちは、一斉《いっせい》に私と一緒にルークさんを見つめる。

それを見て、彼はクスクスと笑いながら頷《うなず》いた。

「本当に不思議な方ですね、ルナさんは。分かりました、一緒にお連れください。貴方同様、彼らのことも丁重に扱うと誓いましょう」

「ありがとうございます、ルークさん！　きっとみんな喜ぶわ！」

私はルークさんの言葉をみんなに伝える。シルヴァンとジンは人間の言葉が分かるけど、リンたちは違うからね。

『みんな、ルークさんが一緒に行ってもいいって。みんなをお客さんとして歓迎してくれるって！』

リンやスーたちは顔を見合わせて嬉しそうに笑った。

『ルナ！　ほんとに？』

『やったぁ！』

『あの意地悪な人とは違うね、優しそうだもん！』

私はアレクを横目で見ながら、苦笑を返した。

そんな私にバルロンが言う。

『ルナ、みなをよろしく頼む』

『ええ、バルロン。楽しかったわ。また会いましょう』

その言葉にバルロンは豪快に笑った。

『ふはは！　ワシの方こそ愉快だったわい。度胸《どきょう》の据《す》わった娘だ。ルナ、またいつでも来い、歓迎するぞ！』

『ええ、ありがとうバルロン！』

私が大きく頷《うなず》くと、バルロンは大きな体をクルリと森の奥の方に向けて歩き始める。

王宮の騎士たちもそれを邪魔することはない。

リンたちは、そんなバルロンに別れの声をかけた。

『バルロン様、行ってきます!』

『スー行ってくるね!』

『ルーもぉ!』

バルロンに向かって大きく手を振る私を見て、ルークさんが言う。

「ルナさんは、まるで動物と話をしているみたいですね」

「ええ、私は動物の言葉が分かるの」

それを聞いてアレクが呆れたように言った。

「何を馬鹿げたことを。それよりも、そろそろ都に戻るぞルーク。早いところ奴らを締め上げて、すべて吐かせてやる!」

「はい、殿下。それではルナさん、ご同行願えますか?」

ふぅん。アレクってば、密猟者から動物たちを守る気持ちはあるみたい。

本気で怒っているのが伝わってくるもの。

獣人たちの王子だけあって、その瞳と風に靡《なび》く真紅の髪からは力強さを感じる。

「ルナさん、どうかされましたか？」

「いいえ、なんでもないです。行きましょう」

ぼーっとアレクの後ろ姿を見つめていたら、唐突にルークさんに声をかけられ、私は慌てて首を横に振った。

それから、ルークさんたちに同行して森を出ると、馬や馬車が用意されていた。

大きな檻《おり》のようなものが積まれた馬車もあって、そこに先程捕まった密猟者たちが入れられていた。

一方で、私が案内されたのは白い馬車。その扉には、騎士団の紋章《もんしょう》らしきものが刻まれている。

立派な馬車で、私と動物たち、そしてルークさんやアレクが乗っても余裕があるくらいだ。

シルヴァンとジンは入り口を駆け上がり、メルとリンは私の肩の上、スーとルーは私が抱っこして馬車に乗せる。

シルヴァンは私と一緒に馬車に乗ったことがあるから慣れてるんだけど、リンたちは興奮した様子だった。

座席に腰をかけると、スーとルーが私の膝《ひざ》の上で身を寄せ合う。

二人がキョロキョロと周りを見回すたびに、くるくる巻いた角が左右に動いて可愛らしい。

『ねえスー、こうしてればいいのかなぁ？』

『そんなの分かんないよ、ルー』

私は二人の頭を撫でながら微笑んだ。

『ふふ、大丈夫よ二人とも。座っていればそのうち都に着くわ』

ジンは人に飼われていたことがあるって言っていただけあって、結構慣れた様子でくつろいでいる。馬車に乗ったことがあるみたい。

ルークさんが御者に声をかけると、馬車は都に向かって走り始める。白く立派な馬たちに引かれた馬車は、どんどんスピードを上げていく。

窓の外を流れていく景色に、リンが目を輝かせる。

『うわぁ！　見て見て、ルナぁ！　凄いよ!!』

『ほんとね、リン』

私も元いた世界で初めて電車に乗った時、窓から見える景色に興奮したものだ。リンを見てると、なんだかその時のことを思い出す。

ルーとスーもすっかり興奮して、それぞれの窓から見える光景を眺《なが》めていた。

『速い速い！』

『ほんとねスー！』

暫《しばら》くはしゃいでいたリンたちは、はしゃぎ疲れたのだろう、私の膝《ひざ》の上でウトウトし始める。

メルはそんな娘を抱いて私に頭を下げた。

『ルナさんのおかげです。親子でこんなに楽しい旅ができるなんて』

『ふふ、お礼を言うのはこっちの方よ。みんなのおかげで、私もとっても楽しいもの』

まさかこんなに賑《にぎ》やかな旅になるなんて、国を追い出された時は思いもしなかった。

メルたちに出会えたおかげだ。

ふと気がつくと、アレクが私の膝《ひざ》の上で眠る動物たちを見て微笑んでいる。その意外な表情に私は一瞬、ドキリとした。

私の視線に気がついたのか、アレクは咳ばらいをして窓の外を見る。

ルークさんは笑いながら私に言った。

「こう見えても殿下は動物好きなんですよ。でも、向こうにはことごとく嫌われてしまって」

「おい、ルーク。余計なことは言うな」

へえ、意外。

……そんなに悪い奴じゃないのかしら。

私がそんな風に思って彼の顔を眺《なが》めていると、アレクは言った。

「どうした？　俺の顔に何か付いているか」

「別に、ただ少し見てただけです」

「まったく、変わった女だ」

前言撤回！　やっぱり感じ悪い！　私のどこが変わってるのよ。

それから暫《しばら》く馬車に揺られていると、大きな街が見えてくる。

窓に張りついて外を見つめる私に、ルークさんは誇らしげに言った。

「ルナさん、あれがエディファルリア、我が国の都です」

「うわぁ、とっても大きな街なんですね！」

獣人たちの都。なんだかワクワクする。

これからこの街でどんなことがあるのだろう。

そんなことに思いを馳《は》せながら、私は近づいてくる街の様子を眺《なが》めていた。

馬車が獣人たちの都に近づくのを見て、ジンがリンたちに声をかける。

『まったく、お前たちいつまで寝てるんだよ。もうすぐ都に着いちまうぜ』

それを聞いて、リンたちはまだ眠そうな顔で起き上がる。

『ルナぁ、ここどこ？』

『ルーまだ眠いよぉ』

『スーもぉ』

寝ぼけ眼《まなこ》だった三人は、窓の外に見える光景に気づいて、すぐにぱっちりと目を開けた。

エディファルリアは、立派な城壁に囲まれた大きな街だ。

近づくにつれて迫ってくる高い城壁は、迫力がある。

リンが私の肩に駆け上がって目を輝かせる。

『うぁああ！　高い高い！　ルナぁ、凄いよぉ！』

『ふふ、そうねリン。凄いわよね』

スーたちも興味津々《きょうみしんしん》といった様子で、私の膝《ひざ》の上から窓の外を眺《なが》めていた。

『おっきいね、スー』

『うん、中が見えないよぉ、ルー』

ジンが胸を張って説明する。

『あの中に獣人たちが住んでるんだぜ、変わってるだろ？』

ジンの言葉にリンたちは頷《うなず》く。
『へえ、そうなんだジン。変なの』
『森は無いの？』
『ねえルナぁ』
私は、膝《ひざ》の上からこちらを見上げるルーの頭を撫でながら答えた。
『中に入ったら、きっともっと凄いわよ』
動物たちと同様に、高い城壁を前にして、私の心もさらに弾む。
その時——
シルヴァンが窓の外を眺《なが》めながら大きな耳をピンと立てた。
『ルナ、あれを見ろよ』
『どうしたの？　シルヴァン』
シルヴァンの視線の先に目を向けると、城壁にある都への入り口に馬車が見えた。
『あっちにも、密猟者を乗せた馬車があるみたいだぜ』
シルヴァンの言葉に私は頷《うなず》いた。
『ええ、本当ね。檻《おり》が付いた馬車が見えるわ』
それは、さっき私たちが見た密猟者を乗せる馬車によく似ている。

ルークさんは私の視線に気がついたのか、少し暗い表情で言った。

「実は最近、密猟者が増えているんです。あれも別の密猟者を捕らえた我が騎士団の部隊でしょう」

ルークさんの言葉に、アレクが神妙な面持ちで首を縦に振った。

「恐らくな。例の連中の仕業《しわざ》だろう」

「ええ、殿下。間違いないでしょう」

例の連中？　一体なんのことかしら。

アレクは憤《いきどお》りを隠せない様子で、吐き捨てるように言った。

「くそ、恥知らずな連中め！　ルーク、俺はもう我慢できん！　誰が裏で糸を引いているのか分かっているというのに、手を出せんとは！」

「殿下、落ち着いてください。相手が相手です、証拠を掴《つか》まねばこちらが危《あや》うい。そのために我らが調査に乗り出したのですから」

私は首を傾げながら二人に尋ねた。

「どういうこと？　誰かが密猟者たちを操ってるってこと？」

それに、アレクの口ぶりだとそれが誰なのか分かっているという。

だったら捕まえてしまえばいいのに……

アレクは一瞬しまったという顔をして、私を眺《なが》めるとすげなく言う。

「お前には関係の無い話だ」

何よ、話してくれたら役に立てるかもしれないじゃない。

私は眉を寄せて窓の外を見ると、シルヴァンが鼻をひくつかせながら私に告げた。

『ルナ、変だぞ。血の臭いがする』

『どういうこと？　シルヴァン』

『あの馬車の方向から血の臭いがするんだ』

リンたちが不安そうに私を見上げる。

『何かあったの？』

『怖いよぉ』

『ルナぁ』

私は安心させるためにスーたちの頭を撫でる。

『大丈夫よ、私もシルヴァンもいるんだから』

その一団の馬車が止まっている都への入り口に、私たちの馬車は近づいていく。

そこには人だかりができていた。アレクやルークさんも異変を感じたらしく、険しい表情になる。

「なんの騒《さわ》ぎだ、ルーク」

「分かりません、殿下。ハミル、急いでくれ！」

ルークさんが御者に急ぐよう声をかける。

「畏《かしこ》まりました、ルーク様！」

御者の声に合わせて、馬車がスピードを上げ、私たちは都の入り口に急ぐ。

到着するとルークさんは私に向けて告げた。

「ルナさんは暫《しばら》くここでお待ちください。何があったのか確かめて参りますから」

彼はそう言うと、アレクと一緒に人だかりに向かって走っていく。

不安を胸に二人を見つめる私に、シルヴァンが問いかけた。

『どうする？　ルナ』

『血の臭いっていうのが気になるわ』

誰かが怪我をしているのなら役に立てるかもしれない。

動物に対してほどじゃないけど『E・G・K』のシスターの力は人にも有効だから。

それに、もしかしたら密猟者に傷つけられた動物がいるのかもしれない。

私は決意を固め、シルヴァンに言う。

『ねえ、シルヴァン。貴方はリンたちとここで待っていて、何かあるといけないから』

『分かった、ルナ。でも気をつけろよ』

『ええ、シルヴァン。ありがとう』

不安そうに私を見つめるリンたち。

『心配しないでみんな、すぐに戻ってくるわ』

私はそう言って馬車を降りると、目の前の人だかりの方に向かって歩いていった。

第二章　聖なる魔獣

獣人たちの都、エディファルリアの入り口には人だかりができていた。

「ルークさんやアレクはどこに行ったのかしら……」

あまりに多くの人間が集まっているので、それが人垣になり、その先で何が起きているのかよく分からない。

どうやら二人はこの人垣を抜けていったのだろう。

「アレクは王子様だものね。みんな避《よ》けてくれたのかも」

すると、周りの人たちの話し声が耳に入ってきた。

「おい、聞いたか？　酷い話じゃないか」

「ああ、聞いたよ。このまま放っておけば死ぬっていうんだろ？　それでも都に入れないだなんて」

死ぬって一体どういうこと……？

私は思わず、その会話をしていた、人の好さそうな四十代ぐらいの獣人の男女に声をかける。

「あ、あの、一体何があったんです？　放っておけば死んでしまうって、今」

私の言葉に、獣人の男性が答える。

「ああ、実はな、王国の騎士団が密猟者どもを捕らえてきたんだが……その際に、酷い怪我をした一角獣の子供を保護したらしくてな」

「一角獣……ユニコーンね！」

白く美しい毛並みの馬で額に角が一本ある、聖なる力を持った魔獣の一種だ。

強大な力を持つ個体は、聖獣の域に達することもあるらしい。

獣人の男性は頷《うなず》いて続ける。

「騎士団は治療のために都に入れようとしたんだが、城門を守る衛兵たちに止められていてな」

「そんな……」

戸惑う私に、今度は女性の獣人が応じた。

「可哀想に、まだほんの小さな子供の一角獣さ。密猟者たちは角目当てなんだろうけど、あんな惨《むご》い真似をして……ほんと酷い連中さ。その密猟者を陰で操ってるのがこの国の宰相だって噂なんだから、世も末だよ」

「お、おい！　アンナ、滅多《めった》なこと言うもんじゃねえ！　そんなこと誰かに聞かれたら、何されるか分からねえぞ」

アンナと呼ばれた女性は、男性を睨《にら》みつける。

「男のくせにだらしないね、ダン。宰相のバロフェルド公爵が、魔獣たちや、その角や牙を周りの国の金持ちや貴族に売って私腹を肥やしてるって噂、あんただって知らないわけじゃないだろ？」

「おいやめとけって。相手はこの国の宰相だぞ？　そんな噂話してるなんて知られたら、命がいくつあっても足りねえ」

ダンと呼ばれた男はごくりと唾を呑み込むと、アンナを窘《たしな》めるような口調で続ける。

「公爵は元王族で、有力な貴族の一人だからな。ため込んだ金で貴族たちを抱きかかえて、今や国王家に匹敵するような権力者だ。密かに次の王の座を狙ってるって噂まである。そんな相手に目を付けられたらどうするんだ。陛下やアレク殿下でさえ、うかつには手が出せない相手だぜ」

「嫌だねぇ。そんな男が国王にでもなったら、本当に世も末だよ」

酷い……じゃあ、密猟者たちを操ってるのはそのバロフェルド公爵っていう男なの？

さっき、ルークさんやアレクが話してたわ。

裏で糸を引いているのが誰か分かっているのに、証拠が無いから手が出せないって。

その時、人垣の向こうからアレクが激怒する声がした。

「ふざけるな！　王子であるこの俺が通せと言っている。それを通せぬとはどういうことだ!!」

私は人垣をかき分けて前に進むと、真紅の髪を靡《なび》かせて怒りに震えているアレクの姿が見えた。

ルークさんや騎士団の人たちが、城門を守る衛兵たちと対峙しているのが分かる。

「これはこれは、一体なんの騒《さわ》ぎですかな？」

すると、衛兵たちの後ろから一人の男が姿を現した。

いかにも傲慢《ごうまん》そうなその顔。鷲鼻《わしばな》に、人を見下すような目つき——

長身のその男は、口元に笑みを浮かべながらアレクに話しかける。

「騒《さわ》ぎを聞きつけて来てみれば……その一角獣を都に入れるなと命じたのはこの私。それに何か文句でもおありですかな？　アレクファート殿下」

「バロフェルド！　どういうつもりだ、王子として命じる！　この衛兵どもを下げさせろ!!」

「できませんな。それを都に入れることはなりませんぞ。その獣が都で死ねば、一角獣どもは我らが殺したも同然と思うでしょう。野蛮《やばん》な獣どもと事を構えることになったら、殿下はどう責任を取られるのですかな？」

　あれがバロフェルド公爵……。

　男はアレクを嘲笑《あざわら》うかのように続ける。

「だから言ったのです、密猟者など放っておけばよいと。余計な真似をするからこうなるのです。一角獣どもの中には、聖獣と呼ばれるほどの力を持つものもいますからな。事を構え、死人でも出たらどうするおつもりなのか？」

「バロフェルド、貴様！」

「だが、もう遅いかもしれませぬな。奴等が復讐《ふくしゅう》に来た時は殿下が責任を取って、連中を皆殺しにしてくださることを願っておりますぞ。ふは！　ふははは!!」

　耳障《みみざわ》りで不快なバロフェルドの笑い声が辺りに響く。

　ふと、騎士たちの傍に、ぐったりと横たわる一角獣の子供の姿が目に入った。あの子が、バロフェルドの言っていた一角獣だろう。

　気がついた時には、私は駆け出していた。

「何者だ！」

　すかさず、衛兵が私の行く手を阻《はば》む。

「ルナさん!!」

ルークさんが私を見つけて、私と衛兵の間に入って身構える。そして厳しい顔で言った。

「どうして来たんです？　ここは危険です、馬車に戻っていてください」

「ルークさん！　私にあの子を治療させて！」

ルークさんに続き、私の存在を認めたアレクが、私を睨《にら》む。

「向こうへ行っていろルナ！　お前には関係の無い話だ！」

「できないわ。動物を治すことは私が選んだ仕事なの。私はその仕事に誇りを持ってる。だから見て見ぬふりなんてできない！」

私はアレクに向かって、力の限り叫んだ。

アレクは一瞬驚いた表情を浮かべた後、私を真っすぐに見つめた。

赤く燃え上がるような髪を揺らしながら、獣人の王子は私に向かって歩いてくる。

「本当にできるのか？　失敗すればお前もただでは済まんぞ」

「やらせて、アレク。私はこの国の獣人じゃない。都に入らずに治療するならば、誰にも文句を言われる筋合いは無いわ」

アレクは目を細めて、静かに頷《うなず》いた。

「……分かった、やってみろ。責任は俺が取ってやる」

アレクはそう言うと、騎士団の団員に命じて衛兵たちと対峙させた。

衛兵たちに私の治療を邪魔させないためだろう。

「行け、ルナ！　ここから先は俺が通させせん」

「ありがとう、アレク！」

私は頷《うなず》くと、ぐったりと横たわる一角獣の子供のもとに走った。

背後ではバロフェルド公爵の笑い声が響く。

「これはなんのつもりですかな、アレクファート殿下？　私は止めましたぞ。だが殿下が無理やりその女に治療をさせたのだ。これで何が起きても殿下の責任ですな」

「構わん！　言ったはずだぞ、責任は俺が取ると！」

「愚《おろ》かなお方だ。もうあの一角獣は死にかけている。あのような小娘ごときに何ができるというのです」

私の傍で、今まで一角獣の子供の応急処置に当たっていた一人の騎士が、唇を噛んでバロフェルドを睨《にら》む。

「おのれ。初めから通してくれてさえいれば、助かったかもしれぬものを……自《みずか》らの罪を殿下になすりつけようとするとは」

ルークさんは私を守るように隣にいてくれる。

「酷い怪我ですね。まだ幼い子供に惨《むご》いことをする」

「ええ、許せない……」

先程の騎士が言う。

「好奇心旺盛《おうせい》な子供が、群れから離れた僅《わず》かな隙を狙ったようです」

バルロンの時と同じく、猟犬型の魔獣に襲《おそ》わせ連れ去ったに違いない。それらしき牙や爪の痕《あと》がある。

どんなに恐ろしかっただろうか。怒りに体が震える。

私は『E・G・K』のシスターの力で傷を塞《ふさ》いでいく。

それを見て、治療に当たっていた騎士は目を見開いた。

「な！　あれほどの傷を、手で触れただけで！　あ、貴方は一体⁉」

「今説明している暇は無いわ！　それより、応急処置用の薬草は何があるの？」

「そ、それが手持ちのものはすべて使ってしまって。これ以上は、都に入らなくては。申し訳ありません」

「そう……貴方が悪いんじゃないわ」

一角獣の子供はうっすらと目を開いて、私を見つめている。白く美しい毛並みのその子は、幼くつぶらな瞳を揺らしてうわごとのように呟いた。

『ママ……どこなの？　会いたい……よ』

『しっかりして！　会えるわ、私がまた貴方のママに会わせてあげる！』

母親を捜《さが》しているのか、その目が宙を彷徨《さまよ》う。意識が朦朧《もうろう》としているのが見て取れる。

全身の傷を塞《ふさ》いでも体の震えが止まらず、完全にショック状態になっていた。

私は痙攣《けいれん》するその体を抱き締めて声をかける。

『私はルナ！　貴方の名前を教えて』

周りの状況さえも、もう分かっていないのだろう。

彼はただ聞かれたことに答える。

『フィオル……』

『フィオルっていうのね。貴方は強い子ね、もう少しだけ頑張って！』

私は名前を呼びかけて、少しでも気力を取り戻させようとした。

フィオルは必死に生きようと小さな体を震わせる。

でも、その目は虚《うつ》ろだ。そして次第に力なく体をぐったりとさせる。

『フィオル！　お願い目を開けて、諦めちゃ駄目よ』

私の傍にいる騎士が、今にも息絶えようとするフィオルから目を逸らした。

「駄目だ、やはり遅かったか」

それを見てバロフェルド公爵は嘲笑《あざわら》った。

「ふはは！　どうやら死んだようですな。アレクファート殿下、貴方が殺したのだ。どこの誰とも分からぬ女に治療を任せてな。これで一角獣どもも黙ってはおるまい」

公爵は愉快そうに続ける。

「おい、死体は都に入れるなよ。エディファンの都が汚れるわ！」

その言葉に、私は怒りに震えた。

「黙りなさい!!」

フィオルを抱き締めながら叫ぶ。

「なんだと小娘！　貴様、誰に向かってそんな口をきいている！」

「フィオルはまだ死んでなんかいないわ！」

ルークさんが私の肩にそっと手を置いた。

「ルナさん、貴方は立派でした。もう十分です、その子を安らかに眠らせてあげてください」

私は静かに首を横に振り、ルークさんに言う。

「この子に約束したの。お母さんにまた会わせてあげるって」

そして、私はあることを決意した。

普段は使わない危険な技だけど、今はもうこれしか方法が無い……

「ルークさん、もし私に何かあったら動物たちをお願い」

「ルナさん？　何をなさるつもりなんです⁉」

ルークさんが私に問いかけた瞬間、私の体が光を放ち始めた。

私の目の前にシスターのステータス画面が映し出される。

名前：ルナ・ロファリエル
種族：人間
職業：獣の聖女
Ｅ・Ｇ・Ｋ：シスターモード（レベル８５）
力：１１２
体力：２１５
魔力：５５０
知恵：５８０
器用さ：３３７
素早さ：４５２

運：２３７
物理攻撃スキル：なし
魔法：回復系魔法、聖属性魔法
特技：【祝福】【ホーリーアロー】【自己犠牲《ぎせい》】
ユニークスキル：【Ｅ・Ｇ・Ｋ】【獣言語理解】
加護：【神獣に愛された者】
称号：【獣の治癒者】

【祝福】【ホーリーアロー】、そしてもう一つのシスターの特技――

〈【自己犠牲《ぎせい》】を選択しました。瀕死《ひんし》状態の相手に自《みずか》らの生命力を注ぎ込みます。術者の生命力を消費しますが、本当に使いますか？〉

「……ええ、【自己犠牲《ぎせい》】を使用。対象者はフィオルよ」

その瞬間――

私の体から強烈な光が放たれる。

それを見て、公爵が驚愕《きょうがく》して叫んだ。

「な！　なんだその光は⁉」

アレクとルークさんが私を呼ぶ声が聞こえる。

「ルナ！」

「ルナさん!!」

フィオルの体はまだ温かく、微かに息がある。今なら、まだ間に合うかもしれない。

私の生命の息吹が、フィオルの体の中に入り込んでいくのが分かる。

『フィオル、私の声が聞こえたら返事をして。一緒にママに会いに行くんでしょ？』

うっすらとフィオルが目を開き、何かを言いたそうに口を動かす。

私はそんなフィオルをしっかりと抱き締めた。命を吸い取られるような感覚を、さらに強く味わう。

『ママ……』

『そうよ、一緒に会いに行きましょう』

フィオルは私の胸に頬をすり寄せた。その顔には血の気が戻っている。

彼は小さな声で私に答えた。

『うん……お姉ちゃん』

焦点が合ったその瞳には、ぼんやりだけれど生きる力が戻っているのが分かる。

フィオルが意識を取り戻したのを見て、周囲の人々から歓声が上がった。

「お、おい！　死んだ一角獣が生き返ったぞ!?」

「奇跡だ！」

「あ、あの光！　あの女性は、一体何者なんだ！」

フィオルは死んでなんかいない。強烈なショック状態で瀕死《ひんし》になっただけ。

でも、周囲の人からは一度死んで蘇《よみがえ》ったように見えたのだろう。

フィオルの無事を確認すると、安堵《あんど》からか私の体がふらつく。

「ルナ!!」

アレクが、咄嗟《とっさ》に私の体を支えてくれる。

険しい顔でこちらを見つめると、彼はしっかりと私の体を抱き寄せた。

……そんなに乱暴にしたら痛いわ。さっきは少し見直したのに。

情熱的な赤い髪の王子の顔が、すぐそこに見える。

「アレク……この子はもう大丈夫。でも衰弱《すいじゃく》してるから、ゆっくり寝かせてあげて……」

このまま治療を続けたら、きっと元気になる」

「この馬鹿者が！　そんなに青い顔をして、自分のことを心配しろ！」

アレクは何故か、苦しげな表情を浮かべている。

馬鹿馬鹿ってほんとに失礼な男。ああ、なんだか凄く眠い。

私はいつの間にか、私の体を力強く抱く獣人の王子の腕の中で意識を失ってしまったのだった。

◇◇◇

意識を失ったルナの体を抱きながら、アレクはバロフェルドを睨《にら》みつける。

そして怒りを込めた声で叫んだ。

「今すぐそこをどけ！　どかぬと言うのなら、貴様を斬《き》ってでもそこを通るぞ!!」

「な、なんですと！　この国の宰相である私にそのようなことを言ってただで済むとでもお思いか!?」

その時、群衆の中から声が上がった。

「何がこの国の宰相だい！　偉そうにふんぞり返って！」

先程ルナが話しかけた獣人夫婦の妻、アンナである。

夫のダンが慌てて制止する。

「お、おい、アンナ！」

「あんたは黙ってな！　もう、あたしは我慢できないよ。その子は人間じゃないか！

人間が獣のために必死になって、獣人の私たちが見て見ぬふりなんて恥ずかしくないのかい？　エディファンの連中は、いつからみんなそんなに腰抜けになったんだい!!」

アンナの叫びに、ダンは拳《こぶし》を握《にぎ》り締める。まるで自分の生命を注ぎ込むように一角獣を救った少女。

青ざめぐったりとした彼女の姿を見て、ダンは口を開いた。

「ちっ！　アンナの言うとおりだぜ！　あの光を見たか、奇跡だ！　そのお方は聖女様だ!!」

群衆は、ダンのその言葉に後押しされたのか、次々と声を上げる。

「そうだ！　放っておくのか？」

「奇跡を起こした聖女様を！」

「おい！　衛兵ども！　偉そうにしやがって、宰相の腰巾着が!!」

次第に勢いを増す民の声に、バロフェルドは怒りの形相《ぎょうそう》を浮かべる。

「おのれ、下民どもが……」

「いけません宰相閣下、このままでは騒《さわ》ぎが広がっていきます。ここにいる衛兵では抑えられなくなりますぞ。ここは一度お引きになってください」

バロフェルドの傍に控える側近の言葉に、公爵は怒りを抑えながらアレクとルナを睨《にら》みつけた。

「ぐぬ！　おのれ、覚えておれよ小娘が!!」

群衆の声に押されて、バロフェルドが逃げるようにその場を去るのを見て、大歓声が起きる。

アンナは沸き立つ民を尻目に叫んだ。

「殿下！　その勇ましいお嬢さんを、早く治療してあげてください！」

「おお、殿下！　そうだ、聖女様を早く！」

ダンや他の人々も口々にそう叫んだ。

アレクは群衆に向かって頷《うなず》くと、騎士団の団員に告げる。

「都に入るぞ！　ルナのために至急、王宮医師を呼べ！　そしてこの一角獣の子に優秀な獣の治療師を付けよ！」

「は！　殿下!!」

「畏《かしこ》まりました！」

アレクは王宮に戻ると、すぐにルナに最高の医師を用意した。

用意されたベッドの上に横たわるルナの傍には、シルヴァンやリンたちの姿があった。

ルナに彼らのことを託《たく》されたルークが連れてきたのである。

青ざめた顔で気を失っているルナを見て、リンとメルが涙を流す。

『ルナ！　ルナぁ!!』

『ああ、ルナさん……』

スーやルーも布団の上に乗ってルナの顔を覗き込む。

『ぐす……ルナ、死んじゃうの？　嫌だよそんなの』

『目を覚ましてよルナぁ　うえ……うえぇぇえん』

泣き出す羊うさぎたち。ジンはルナの顔を見て拳《こぶし》を握《にぎ》った。

『死ぬもんか！　なあ、シルヴァンそうだろ！』

『ああ、ルナが死んだりなんかするはずない!!』

自分の中の不安を吹き飛ばそうと、力強くそう言うシルヴァンは、そっとルナの頬に顔を寄せる。

そんな動物たちの様子を見て、アレクは医師に言った。

「必ず助けよ！　この女は俺との約束を守った。エディファンの王子の名にかけて、このまま死なせるわけにはゆかん」

医師は頷《うなず》くと脈を測り、診察を始める。

診察を受けるルナを見下ろし、アレクは唇を噛む。

「こんな真似をして、無茶な女だ……」

ルークはその言葉に首を横に振った。

「優しく、とても気高い女性です。それに、あの光に包まれた姿、まるで地上に女神が降臨《こうりん》したかのように美しかった。私は思わず目を奪《うば》われました」

「女神だと……馬鹿なことを」

アレクは、そう言いながらそっとルナの髪を撫でた。

ルークはそれを見て驚いた顔をする。今まで、アレクが女性に対してそんな行動をするのを、見たことがなかったからだ。

青い髪の貴公子はルナを見つめる。

(本当に不思議なお方だ。殿下の身分を知った後も、媚《こ》びる様子も無かった。それどころか、あの一角獣の子を救った時の使命感に満ちた誇り高い横顔……確かに、今まで殿下のお傍にいたどの女性とも違う)

診察を終え、医師はアレクに告げる。

「殿下、大丈夫です。深い眠りに落ちているだけのようです。よく眠り気力が回復すれば、目を覚ますでしょう。念のため医学の心得のある侍女を数名お付け致します」

「そうか!! 頼むぞ！」

「ルナさん、よかった」
ジンはそれを聞いて仲間に伝える。
『みんな！　ルナは大丈夫だってよ！　よく眠ったら目が覚めるってさ!!』
『ジン、本当なの!?』
『ほんとに！　ジン、ほんとにほんと!?』
メルとリンは嬉しそうに駆けまわる。
スーやルーもぴょんぴょんとルナの周りを飛び跳《は》ねた。
『やったぁ！』
『ルナの目が覚めるまで、ずっとここにいるんだから！』
スーとルーの言葉にシルヴァンもそっと頷《うなず》いた。

◇　◇　◇

――どれぐらい眠っていたのだろう。気がつくと私はベッドの上に寝ていた。
ここはどこ？
きょろきょろと周囲を見回すと、近くにいたらしいリンたちが私に飛びついてきた。

『ルナぁ！』

『ルナさん！』

リンとメルは私の名を呼びながら、私の顔に頬を擦《こす》りつける。

『リン、メル……』

『ルナぁ、ルナったら二日も寝てたんだよ。もう目が覚めないんじゃないかって心配したんだから』

リンは涙を流しながらそう言って、私の頬に抱きついた。小さく可愛い手のぬくもりを感じる。

そう、あれから二日も経ってるのね。

スーもルーも、もふもふした体をぴったりと私の頬にくっつける。

『ルナぁ、スーも心配したんだからぁ！』

『ルーもだよ、ルナぁ』

べそをかいている羊うさぎたちの、ぐるぐる巻きの角が可愛らしく揺れている。

私は柔らかな二匹の体をそっと撫でた。

ジンは、指で鼻を擦《こす》って照れたように笑う。

『へへ、俺もさ。なあシルヴァン！』

『ジン……』

ベッドの傍でシルヴァンが私を見つめている。

シルヴァンのことだから、ずっとこうして見守ってくれていたに違いない。

私の大事な弟は、そっと私に頬を寄せて言った。

『おかえり、ルナ』

それ以上何も言わなくても、シルヴァンの気持ちが伝わってくる。

私はしっかりとシルヴァンの体を抱き締めた。とても温かく心地よい感触が腕一杯に広がる。

『ただいまシルヴァン。心配かけてごめんね』

部屋の中には、数名の侍女らしき女性がいた。私が目を覚ましたのを知り、慌てて誰かに知らせに行くのが見える。

部屋に残った一人の侍女が、私に恭《うやうや》しく頭を下げた。

「ルナ様、お目覚めになられて安心しましたわ。私はミーナです。この度、聖女様の身のまわりのお世話をさせて頂くことになりました」

ミーナと名乗った侍女は、年齢は私と同じぐらいの少女だった。

獣人族で愛らしい顔立ちと栗色の髪、そして大きな猫耳が特徴的だ。

「あ、ありがとう。でも……聖女様って？」

「ルナ様のことですわ。死んだはずの一角獣を蘇《よみがえ》らせたと、みんな噂しています」

彼女の言葉を聞いて、私はハッとした。

「そうだわ、ミーナさん！　フィオルは？　あの子はどうなったの!?」

私の問いに彼女は不思議そうに首を傾げる。

「フィオル？　もしかして、あの一角獣の子供のことですか？」

「ええ、あの子は今どうしてるの!?」

「ご安心ください。アレク殿下が獣の治療師たちに治療を続けさせて、だいぶ元気になったそうです」

それを聞いて私はホッとする。

「そう……アレクが」

あれからもう二日も経っているんだもんね。

眠っていた私には、つい先程あったことのように鮮明に思い出される。

立ち塞《ふさ》がる衛兵たちや、傲慢《ごうまん》なバロフェルド公爵の顔と、その笑い声を思い出すとゾッとする。私は思わず肩を抱いて身震いをした。

その様子を見てシルヴァンが心配げに私に顔を寄せる。

『大丈夫か？　ルナ』

『ええ、ごめんねシルヴァン。嫌なことを思い出しちゃって』

リンが心配そうに私を見つめる。

『ルナぁ、まだ少し顔が青いよ』

上半身を起こした私の肩の上に乗って、小さな手で私の頬に触れているリン。その仕草《しぐさ》から、私のことをとても心配してくれているのが伝わってくる。

私は指先でリンの頭を撫でた。

『リン、心配かけてごめんね』

スーとルーも、もふもふした体を私にすり寄せながらこちらを見上げる。

『ルナぁ』

『ルーもまだ心配だもん』

そう言って、つぶらな瞳で私を見上げるルー。その姿に癒《いや》されて、自然と頬が緩《ゆる》んだ。

『大丈夫よ、もうすっかり元気になったわ。ほら！』

そう言って私はルーを抱き上げる。そっと胸に抱くと、ルーは嬉しそうに目を細めた。

『えへへ、ルナあったかい』

『ふふ、ルーもよ』

それを見て、スーが布団の上でぴょんぴょん跳《は》ねる。

『ルーだけずるいもん、スーも！』

そう言ってすねる可愛いスーを、私は順番に抱っこした。満足そうに腕の中で丸まるスーの背中を、優しく撫でる。

この子たちには、本当に心配をかけちゃったわよね。

「ルナ様がお眠りになっている間、この子たちは本当に健気《けなげ》に傍に付き添っていたんですよ。その姿がとても可愛らしくって」

「ええ、みんな私の大切な仲間たちなの。ミーナさんにも本当にお世話になったわ」

「いいえ、そんな！　どうかミーナと呼んでください。ここにいらっしゃる間はルナ様付きの侍女なのですから」

「分かったわ、ミーナ。よろしくね！」

「ええ！　ルナ様！」

そう言ってミーナは、にっこりと微笑む。

そして、私は彼女から今の状況を詳しく教えてもらった。

今私がいるのは、都にある王宮の中――第二王子であるアレクのための別館にある客室だそうだ。

「アレクファート殿下も、公務の合間を見て度々お見舞いに来られていたんですよ。ほら、あのお花も殿下からの贈り物です」

ミーナの視線の先には、立派な花瓶《かびん》に生けられた美しい花々があった。

「え、あのアレクが？　なんだか意外」

私が目を丸くして呟くと、ミーナがクスクスと笑う。

「ルナ様って面白いお方ですね」

「え？　どうして？」

首を傾げる私にミーナは言った。

「だって、アレクファート殿下に花を贈られるなんて夢のような話ですもの。貴族のご令嬢たちはみな、殿下に気に入られようと必死ですわ」

あんなにかっこよくて、その上この国の王子だから、それはそうでしょうけど……私には馬鹿馬鹿って失礼な男なんだから。

……まあ、私を信じて、フィオルの治療を任せてくれたのは嬉しかったけどね。

気を失う時も私を腕に抱き締めて、心配そうにこちらを見ていた。

その時のことを思い出して、頬が熱くなる。

元アラサー女子としては少し恥ずかしいけど、男性に抱き締められた経験なんてあんまり無い。

私はアレクのことを頭から追い払うように首を横に振り、ミーナにお願いする。

「ねえミーナ。フィオルが治療を受けている場所は分かる？　あの子の様子を見たいの」

もう心配は無いと聞いてもやっぱり気になるし、早く会いたい。

私は気が急くままにベッドから下りる。

「ルナ様、いけません。まだ休まれていた方がいいですわ」

ミーナが慌てて私を引き留めたその時、突然、部屋の入り口が騒《さわ》がしくなった。誰かがやってきたようだ。

「ルナ！」

「ルナさん！　よかった、目が覚めたんですね」

入ってきたのはアレクとルークさんだった。二人の登場に驚いたものの、私はすぐに笑顔を向ける。

「ええ、もうすっかりよくなったわ。迷惑かけてごめんなさい」

アレクはこちらに歩きながら言った。

「まだ寝ていろ、顔が少し青いぞ」

「大丈夫だってば、ほら！」

私はその場でクルッと回って見せる。二日も寝たから、もう元気だ。しかし――

……あれ？

目眩《めまい》がして、足元がぐらつく。

一瞬意識が飛んで、体が倒れていくのを止められない。

床に打ちつけられる時に備えて、私は思わず目をつぶった。

その瞬間、誰かが私の体を抱き留める。目を開くと、アレクの顔がすぐ傍にあり、彼の腕が私をしっかりと抱いていた。

「この馬鹿者が、だから言ったのだ」

「……アレク」

目の前にアレクの顔があるのに動揺して、声が上ずった。

慌てて抱き寄せたのか、唇が触れそうな距離に彼の顔がある。

「は、放して……今のは足がもつれただけなんだから」

「無理をするな。まだ休んでいろ」

馬鹿者なんて言うから、少し意地になってしまう。

本当ならお礼を言わなければいけないのに……

シルヴァンやリンたちも、心配そうに私の傍にやってくる。

『ルナ、大丈夫か⁉』

『ルナぁ！』

またみんなに心配をかけちゃった……反省しないと。

今はフィオルに会うのは諦めて、もう少し休んだ方がいいみたい。

アレクは、私をベッドに座らせながら言う。

「お前のことだ、どうせあの一角獣の子に会いたいのだろう？　ルーク、用意はできているな」

「はい、殿下。先程、連絡を入れておきました。すぐに参るかと」

「え？　すぐに来るって……」

部屋の外が再び騒《さわ》がしくなる。

そして、愛らしい小さな白馬が付き添いを受けて部屋に入ってきた。

まだ幼くつぶらな瞳で私を見ると、嬉しそうに声を上げる。

『お姉ちゃんだ！　ルナお姉ちゃん‼』

『フィオル！』

ユニコーンは回復力が強いとは聞いていたけど、見違えるほど元気になったフィオルの姿に嬉しくなる。

私は、こちらに連れられてきたフィオルをギュッと抱き締めた。

フィオルは、少しくすぐったそうに私に頬を寄せる。あんな状態だったのに、私のことを覚えていてくれたのね。

『よかったわ、フィオル。こんなに元気になって』

『うん！　僕、ずっとルナお姉ちゃんに会いたかったんだ。お礼が言いたかったんだもの』

ルークさんは私に微笑んだ後、アレクに言った。

「殿下。やはりルナさんにとって、元気になったこの子が一番のお見舞いだったようですね」

「ふふ、ルークさん！　あ、アレクも……ありがとう」

さっきあんな風に強く腕に抱かれたから、変に意識してしまう。

自分がドジをしたのに、意地を張ってお礼だって言いそびれたし……うぅん、アレクが悪いんだから。

ベッドの上からちらちらとアレクを見ていると、ふいに視線が合った。

「別に礼などいい。フィオルと言ったか？　その一角獣の子も、お前に会いたがっている様子だったからな」

すると、ルークさんがクスクスと笑いながら言った。

「殿下ときたら、忙しい公務の合間を見てはルナさんの顔を見に来ていたんですよ。余程心配だったのですよね？　殿下」

「ば、馬鹿なことを言うなルーク！　詫《わ》びの一言も言う前に、死なれてはたまらぬと思っただけだ」

……そうなんだ。

ふふ、馬鹿馬鹿って言う割には心配してくれたのね。

アレクは私を見ると、咳ばらいをして言った。

「すまなかったな。お前が密猟者などではないことは、必死に一角獣の子を救った姿を見れば分かる」

「アレク……」

どうやら完全に疑いは晴れたみたい。

「もういいわ、誤解は解けたんだもの。それから、さっきはありがとう」

ようやく素直にお礼が言えた。

アレクは、首を横に振ると私に答える。

「気にするな。それよりも、もう少し寝ていた方がいい。体力が回復するまではここにいろ、いいな？」

「ええ、ありがとう……でも」

私はアレクの言葉に頷《うなず》きながらも、煮え切らない返事をした。

「どうした、何か気になることでもあるのか？」

その問いに、私はフィオルの頭を撫でながら答える。

「フィオルを早くお母さんのところに連れていってあげたいの。きっと、凄く心配しているから」

「ルナさん、そのお気持ちは分かりますが。せめて明日までお待ち頂けませんか？　先程の様子では、とてもまだ……」

ルークさんが心配そうに私を見つめる。

アレクが私の肩に手を置いて、しっかりとした声で言う。

「明日のお前の様子を見て、問題が無いようなら騎士団に護衛をさせ、一角獣たちがいる森に向かうとしよう。元々は我らの仕事だ」

「ええそうですね、殿下。動物の言葉が分かるルナさんにご同行頂けるなら、私たちも助かります。一角獣は強い力を持つ魔獣です。彼らとの間に誤解が生じ、衝突するのは避けたいですから」

私が動物たちと話せるって、アレクもルークさんも信じてくれたみたい。

「そうね、分かったわ」

私はフィオルをギュッと抱き締める。

『フィオル、お姉ちゃん頑張って元気になるから。明日一緒にお母さんのところに行こうね！』

『うん、ルナお姉ちゃん！　ありがとう！』

リンやスーたちは、興味津々《きょうみしんしん》といった様子でフィオルを眺《なが》めている。

『ルナ、その子、フィオルっていうの？』

『そうよ、リン。みんな、仲良くしてあげてね』

フィオルの方が体は大きいけど、みんなの中で一番幼いものね。

初対面だからか、少し恥ずかしげにみんなを見ているフィオル。

そんなフィオルの前に走り出たリンが、両手を広げて言った。

『あのね、私リンっていうの。よろしくね、フィオル！』

『う、うん！』

スーとルーもぴょんぴょんとフィオルの傍にやってくる。

『ねえ、フィオルも角が生えてるね』

『私たちと一緒だよ』

二人はベッドの上で、フィオルにぐるぐる巻きの角を大喜びで見せる。
そんな動物たちに、フィオルは嬉しそうに頷《うなず》いた。
『うん！　一緒だね。僕、フィオル。よろしくね！』
続いて、ジンとシルヴァンが胸を張って言う。
『俺はジン！　よろしくな』
『シルヴァンだ、よろしくなフィオル！』
『うん！　ジンお兄ちゃん、シルヴァンお兄ちゃん』
ジンとシルヴァンはそう呼ばれて、少し照れたような顔で互いを見遣《みや》った。
『へへ、ジンお兄ちゃんか！　悪くないな、シルヴァン』
『ああ、そうだなジン！』
フィオルは、リンたちにもあらためて挨拶をする。
『よろしくね、リンお姉ちゃん。それからスーお姉ちゃん、ルーお姉ちゃん』
フィオルの可愛らしい挨拶に、スーたちはぴょんぴょん跳《は》ねて声を上げる。
『スーお姉ちゃんだって！』
『ルーもお姉ちゃんって呼んでもらったよぉ』
『えへへ、リンもリンも！』

お姉ちゃん気分が味わえて嬉しそうなリンたち。

ほんと、可愛いんだから。

『ふふ、リンたら。私はメルです、よろしくねフィオル』

メルもフィオルに挨拶をして、みんなすっかり打ち解けた様子だ。

ほっこりして気が緩《ゆる》んだら、私のお腹の虫がぐううと大きく鳴った。

あまりの音量に、アレクは目を丸くしてこちらを見る。

「おい……今のはまさかお前か？　ルナ」

「な、何よ！　だって仕方ないじゃない。二日も寝ていたんだから、お腹ぐらい空《す》くわ！」

顔が真っ赤になっていくのが分かる。

もう！　少しは見直してたのに、そこは聞かなかったふりをするのが礼儀でしょ。確かに、聞かなかったことにできないボリュームだったけど……

ルークさんはニッコリと微笑む。

「ふふふ、よっぽどお腹が空《す》いたんですね、ルナさん。ミーナ、何か消化のよいものを用意してください」

「はい、ルーク様！」

もう……ルークさんまで。はぁ、消えてなくなりたい気分だわ。

何もあんなに大きな音で鳴らなくても。恥ずかしさから思わず布団を頭から被ると、心配したリンが傍に潜り込んでくる。

『ルナぁ、お腹空《す》いたの？』

『うん、リン。お腹空《す》いちゃった』

私はため息を吐き、布団から頭を出してリンと顔を見合わせて笑った。

それにしても、明日が楽しみだわ。フィオルを連れて一角獣たちがいる森に行けるなんて。

大人の一角獣にも会ってみたい。そのためにも、元気にならないと。

私はその後、ミーナが運んできてくれた温かいスープを飲んで、もう一度ぐっすりと眠った。


次の日、朝起きるとリンとメルが私の枕の傍で眠っていた。

スーやルーは私の布団に潜り込んで、丸まって寝息を立てている。

ジンは寝相が悪くて、布団から落ちかけていた。私はそっとジンをベッドの上に戻す。

フィオルも、私のベッドの傍に用意された毛布の上ですやすやと眠っている。

可愛いもふもふたちの寝顔に、心から癒《いや》される。

それに、昨日よりもずっと体調がいい。

「これなら大丈夫。フィオルのお母さんに会いに行けるわね」

そう呟いて、辺りを見回す。

『……シルヴァン？』

いつもなら私の傍にいるはずの、シルヴァンの姿が見えない。

どうしたのかしら？

『ルナ』

呼ばれた方を見ると、シルヴァンはベッドではなくて窓の傍にいた。そこから険しい顔で外を眺《なが》めている。

『どうしたの？　シルヴァン』

『ルナ、ちょっと来てくれ。なんだか外の様子がおかしいんだ』

私はベッドを下りると、シルヴァンの横に並んで窓の外を見た。

◇◇◇

ルナとシルヴァンが部屋の窓から外を眺《なが》めていたその頃――

獣人の都エディファルリアを囲む城壁の上で、一人の男が不敵な笑みを浮かべていた。

「くくく、アレクファートめ。よくもこのワシに恥をかかせおって。だがこれであの小僧も終わりだ！」

この国の宰相バロフェルド公爵である。バロフェルドの後ろには、側近の男が立っていた。

「バロフェルド様、上手くいきましたな。あの幼い獣の血を塗《ぬ》りつけた騎士団の旗を見つけた一角獣どもは、怒り狂っておりますぞ。城門を破られるのも時間の問題かと」

今エディファルリアの城壁の入り口は固く閉ざされている。

それは、早朝に突如襲来した数百の一角獣の侵入を防ぐためだ。

敵の侵入を防ぐために築かれた堅固な城壁、その城門に体当たりを繰り返す一角獣たち。鈍い振動が、二人の足元にも響いてくる。

バロフェルドは傲慢《ごうまん》な顔で一角獣の群れを見下ろすと、側近の男に確認する。

「血の付いた旗で奴らをおびき寄せた者はどうした？　ゾファダ」

ゾファダと呼ばれた男はすっと目を細めて答える。

「ご安心を宰相閣下、とうに金を持たせて遠方へと旅立たせました」

「くくく、それでよい。アレクファートめ、大人しくしておればよいものを、密猟者狩りなどを始めおって。だが、これであの小僧も終わりよ」

ゾファダは公爵の言葉に頷《うなず》いた。

「国王は王立近衛騎士団と都の奥に避難《ひなん》し、衛兵も国王と共に引かせました故、一角獣に対処するのはアレクファート率いる赤獅子《あかしし》騎士団のみ。もしもこのまま城門を破られれば、一角獣どもと戦うのは連中となるでしょう」

「ふはは！　そうなれば、怒り狂った一角獣と連中が殺し合うことになる。城下の下民どもにも死者が出るやもしれぬな、そうなれば奴は終わりよ。奴の兄は病弱、あの小生意気な小僧さえ潰《つぶ》してしまえば次の王座はこのワシのものだ！」

そう哄笑《こうしょう》するバロフェルドの横で、ゾファダも邪悪な笑みを浮かべる。

「群れの長《おさ》は一角獣の王と呼ばれる聖獣オルゼルス。赤獅子《あかしし》騎士団の総力を結集しても、城門を破られれば兵士や下民どもに相当な被害が出るでしょうな」

城門の外には一際立派な一角獣の姿が見える。白く輝く体、美しいたてがみと長く鋭い角。

ゾファダが言う一角獣の王であろうか。

「ふはは！　ふはは！　これは見物だ」

高笑いをするバロフェルドにゾファダは尋ねる。

「ところで閣下、ルナと言いましたか。聖女と呼ばれているあの人間の小娘は、いかがいたしますか？　侍女たちの噂では治癒の力だけではなく、獣の言葉を話せるとか」

「獣の言葉が話せるだと？　くだらん戯言《ざれごと》を。あの小娘もただでは置かぬ！　邪魔者のアレクファートを片付けたら、今回の一件の罪を負わせ、ワシの奴隷《どれい》にでもしてくれるわ。よいな、ゾファダ」

「仰《おお》せのままに。さあ閣下、いずれここも危険になりましょう。念のため都の奥にご避《ひ》難《なん》を」

ゾファダに促され、バロフェルドは醜《みにく》い笑みを浮かべながらその場を立ち去る。

彼の背後では、一角獣たちが城門に体を打ちつける音がさらに激しくなっていった。

◇　◇　◇

――なんだか外の様子が慌ただしい。

私とシルヴァンは顔を強張らせて、王宮の外を眺《なが》めていた。

『ねえ、シルヴァン。外が騒《さわ》がしいわ。一体どうしたのかしら？』

『ああ、ルナ。普通じゃないぞこれは』

窓の外には兵士たちが緊張《きんちょう》した面持ちで行《ゆ》き交《か》う姿が見えた。そのただならぬ雰囲気に、私とシルヴァンは急いでみんなを起こす。

『おい！　みんな起きろ！』

『みんな、起きて頂戴！』

メルとリンが目を覚ますと、ぼんやりとした眼差しでこちらを見上げる。

『ルナさん、どうしたんですか？』

『ルナぁ、どうしたの？』

続いて、布団の中で丸まっていたスーとルーも目を覚ます。

『ふぁあ……ルナぁ、スーまだ眠いよぉ』

『ルーもぉ』

丸まったまま、スーとルーは同時に大きなあくびをする。ジンとフィオルは伸びをしながら、寝ぼけ眼《まなこ》でこちらを見た。

『なんだ、どうしたんだ？　ルナ』

『ルナお姉ちゃん、どうしたの？』

私がみんなに外の状況を伝えようとした、その時――

『ええ……』

部屋の中にミーナとルークさん、そしてアレクが入ってきた。全員、一様に険しい表情を浮かべている。

「アレク！　何かあったの!?」

私の問いにアレクは頷《うなず》いた。

「ルナ！　お前は今すぐ王宮の奥にある城郭《じょうかく》に避難《ひなん》しろ。ここは危険になるかもしれん」

「危険になるって……そんな、どうして？」

一体何があったの？

急にそんなことを言われて私は動揺した。アレクに代わって、ルークさんが説明してくれる。

「一角獣が群れをなしてこの都に。城門を閉じて城下町には入れぬように食い止めてはいますが、彼らは怒り狂って体当たりを続けています。正直、いつまでもつか。場合によっては、殿下が率いる赤獅子《あかしし》騎士団の総力を以て排除するしか……」

「排除って！　ルークさん、一角獣たちはフィオルの仲間なのよ？　フィオルのお母さんだってきっとその中にいるわ！」

「分かっています、ルナさん。ですが我らも、城下の民の命を守る責任がある」

ルークさんの言っていることは分かるわ。でも排除なんて……そもそも、一体どうして一角獣たちは都を攻撃しようとしているの？

私たちの話を聞いていたジンが、焦った様子で声を上げた。

『お、おい、どういうことだよ、一角獣たちが攻めてきたって。アレクたちと戦うのかよ！　フィオルの仲間なんだろ⁉』

『ジン！　駄目‼』

フィオルが聞いているのに！

しかし、私が止めた時にはもう、フィオルは部屋の入り口に向かって駆け出していた。

すかさず、シルヴァンがフィオルの前に立ち塞《ふさ》がる。

『どこへ行く、フィオル！』

『どいて！　シルヴァンお兄ちゃん！　僕が街の外に出て、みんなを説得するんだ』

『馬鹿！　そんなことをしたら、お前が真っ先に撥《は》ね飛ばされるぞ。さっきルークが、一角獣たちが怒り狂っているって言っていた。今城門なんて開けたら、一斉《いっせい》になだれ込んでくる！』

『だ、だってシルヴァンお兄ちゃん！』

涙を流すフィオルの頭に、そっと顔を寄せるシルヴァン。

シルヴァンの言うとおりだわ。怒りに我を失っている一角獣はとても危険だもの。

彼らに体当たりされている状況で、城門なんて開けられるはずがない。

でもこのまま城門が破られたら、一角獣とアレクたちは戦うことになるだろう。

そうなれば、双方物凄い数の犠牲《ぎせい》が出てしまう……

フィオルが体を震わせながら私に言った。

『ルナお姉ちゃん！　僕をみんなの傍に連れていって』

『駄目よ、危険だわ』

『門の外には出ないから』

……どういうこと？

強い決意を帯びた眼差しで私を見つめる彼に、何をするか尋ねた。それに答えるフィオル。

そして彼の答えを聞いて、私は言葉を失くした。

『フィオル……貴方』

『安心して、僕一人で行くよ。ルナお姉ちゃんは僕を命懸けで守ってくれた。今度は僕の番だ！』

私は首を横に振り、幼いフィオルの体を力一杯抱き締める。

『フィオル、貴方だけを行かせる訳にはいかない。行くのなら私も一緒よ！』

私は意を決してアレクに願い出る。

「ねえアレク。私とフィオルを門の傍まで連れていってくれない？　考えがあるの！」

「ルナ、何を言っている？　いずれ城門は破られる。そんな場所にお前たちを連れていけるわけがないだろう！」

「だから急いでいるの！　お願いアレク‼」

私はしっかりとアレクの両腕を掴《つか》んでその目を見た。アレクは私を真っすぐに見つめ返す。

「ルナ、何をするつもりだ？　言ってみろ」

真剣に問いかける彼に、私は頷《うなず》いて答えた。

「フィオルの声を、お母さんに聞かせてあげるの。フィオルは元気にしてるって！」

「無茶なことを言うな。言ったはずだぞ、門には一角獣の群れが押し寄せている。そんな中でフィオルの声が届くとは思えん」

「私が読んだ本には、一角獣のいななきはよく通ると書いてあったわ。大人の一角獣のいななきなら数キロ先でも聞こえるし、それに一角獣の耳はかなりいいって。こんな騒《さわ》ぎの中でも、母親にならフィオルの声が聞こえるかもしれない。そうしたら、何かが変わるかもしれないわ！」

私は唇を噛み締め、アレクの腕を掴《つか》む力を強めた。

「お願いアレク……この子にとっては大事な仲間なのよ。私、フィオルの仲間がアレクたちと殺し合うなんて耐えられない」

涙が溢《あふ》れてきた。

そんなことになったら、フィオルはどうなるの？　この街の人たちは？　アレクやルークさんだって、そんなこと望んでいるはずがない。

「ルナ、いつ一角獣に門を破られるか分からん。危険だぞ、分かっているのか？」

「アレク、分かってる。でも……行かなくちゃ」

涙を拭《ぬぐ》いながら訴える私の頬に、アレクの手がそっと触れる。

「そんなに泣くな。分かった、行こう。お前と一緒に行ってやる。安心しろ、お前とフィオルは必ず守る！」

彼の力強い目が私を見つめる。

（アレク……）

不思議なことに、その眼差しに見つめられると、不安で仕方なかった心が落ち着いていく。

どうしてだろう。強引で、ルークさんみたいに紳士的じゃないのに。

「ルーク、行くぞ！」

アレクの言葉に、ルークさんは少し考え込んでいる。

そして、私たちに言った。

「殿下、ルナさん！　それならもっといい方法があります！」

「ルーク、どういうことだ？」

するとルークさんは説明してくれた。

「王宮の三階から城壁の上に出られます。フィオルを連れて城壁の上を伝い、城門に向かうんです」

「城壁の上を伝って……」

ルークさんは頷《うなず》いた。

「ええ、城壁の上からの方が、いななきは響きやすいでしょう。もしかしたらその声に、フィオルの母親が気がつくかもしれません！」

「そうか！　そうね!!」

確かに、一角獣が押し寄せている城門の前よりはましかもしれない。

私は希望が湧いてきて、笑みを浮かべながらアレクを見上げる。

そんな私に、アレクも力強く頷《うなず》いた。

「いいアイデアだ、ルーク！　行くぞ二人とも！」

「はい、殿下！」

「ええ‼」

ジンはそれを聞いて叫んだ。

『俺も一緒に行くぜ！　フィオルは俺の弟分だ、ルナやフィオルだけ行かせられねえ。そうだろ？　シルヴァン』

『ああ、当たり前だ！』

リンやスーたちも、ベッドから飛び下りると言った。

『私も行く！　リンはフィオルのお姉ちゃんだもん！』

『スーも行く！』

『ルーだって、フィオルのお姉ちゃんなんだから！』

角を突き出して勇ましくそう言う羊うさぎたち。

フィオルは瞳を潤《うる》ませて、リンたちを見た。

『お姉ちゃんたち……』

メルが拳《こぶし》を固めて私に言った。

『行きましょう、ルナさん！　私たちだってフィオルを応援することぐらいできるわ』

『メル……』

こちらを見上げるメルやリン、そしてスーたちを見て、私はしっかりと頷《うなず》いた。

駄目って言っても、きっとついてくるもの。

『行きましょう！　みんなで』

今いる二階の部屋を後にして、階段で三階に上がり、ルークさんの案内で街を囲む長い城壁の上に出る。そして、城門の方角へと急いだ。

息を切らせて走る私たちは、城門の付近に迫るにつれて愕然《がくぜん》とした。

一角獣たちが城門に体をぶつける音が響き、城壁にまでその振動が伝わってくる。

城門を守る兵士と、弓を構える騎士たちがずらりと見える。

彼らは一角獣たちが城門を破った瞬間、一斉《いっせい》に矢を放つだろう。

凄《すさ》まじい音と振動。そして、怒声——こんな中で、フィオルの声が母親に届くのだろうか？

一瞬、私は絶望を感じた。それでも、一縷《いちる》の望みをかけてフィオルを抱き締める。

『フィオル！』

『うん、ルナお姉ちゃん！』

フィオルは小さな体を震わせて、空に向かっていなないた。

しかし、その声は騒音に掻《か》き消されていく。

「駄目か……」

ルークさんが苦しげに眉を寄せ、唇を噛み締める。

一角獣たちは、ただ城門を破ることに集中し、高い城壁の上にいるフィオルに気づきもしない。

その中でも一際大きく立派な一角獣が、猛然と城門に体当たりを繰り返していた。すると、城壁へ上がる階段を一人の兵士が駆け上ってきた。

「殿下！　このままだと奴らの王、聖獣オルゼルスに門を破られます。城壁の上から奴らに弓を射ることをお許しください！」

ルークさんが顔に苦悩を滲《にじ》ませつつ兵士に答える。

「そんなことをしたら、彼らの怒りを余計に煽《あお》ってしまいます！　城門を破られるのが早まるだけです！」

「ですが！　もう、やるしかありません！」

アレクは、焦りを募《つの》らせる兵士に鋭い声で言った。

「分かっている！　だが、もう少し待て！」

彼の顔にも深い苦悩の色が見える。

どうしたらいいの？　一体どうしたら……

戸惑う私の顔にシルヴァンが頬を寄せる。

『ルナ！　僕たちを祝福してくれ!!』

『――っ！　シルヴァン、そうね……ええ、そうだわ！』

両手を胸の前で合わせて、シスターの力を用いて彼らを祝福する。

途端に、シルヴァンとフィオルの全身が淡い光を帯びる。一度は諦めかけていたフィオルの目に、力が漲《みなぎ》る。

『フィオル！　俺の後に叫べ』

いつも自分のことを僕と言っているシルヴァンだが、まるでフィオルの本当の兄になったように力強く言った。

凛々《りり》しい横顔に、シルヴァンの成長を感じる。

『うん！　シルヴァンお兄ちゃん!!』

頷《うなず》いたと同時に、兵士が叫ぶ。

「殿下！　ご命令を、もう持ちません!!」

聖獣オルゼルスがその角で、再度城門に勢いよくぶつかろうとした、その時――

「ウォオオオオオオン！」

シルヴァンは天に向かって吠えた。

辺りの空気を切り裂くように咆哮《ほうこう》が響いていく。神獣の息子として相応《ふさわ》しい、見事な遠吠えだ。

その響きにほんの僅《わず》かの間、周囲は静寂《せいじゃく》に包まれた。

シルヴァンの遠吠えに気を取られ、みな一瞬動きを止めたのだ。

その静寂《せいじゃく》を貫《つらぬ》くように、一頭の子馬――フィオルのいななきが響き渡った。

リンやスーたちが彼の体に寄り添って叫ぶ。

『フィオル！』

『頑張ってぇ！』

『ルー応援してるからぁ！』

リンたちの声援に後押しされたのか、祝福の淡い光に包まれたフィオルは、体を震わせて全身全霊を込めて再び鳴いた。

その時、その叫びに応えるかのように美しいいななきが、一角獣の群れの中から響いた。

鳴き声のした方向に目を向けると、美しい雌《めす》の白馬が群れの中から走り出て、高い城壁の上を見上げている。

そして、涙を流しながらこちらに叫んだ。

『ああ、坊や！　坊やなのね‼』

『ママ！　ママぁ！　僕だよ、フィオルだよ‼』

『フィオル！　ああ、私の坊や！』

その姿を見てリンが私の肩に駆け上がり、声を弾ませる。

『ルナぁ！』

『ええ！　フィオルの声がお母さんに届いたのよ』

私はシルヴァンを抱き締め、そしてみんなを見つめた。

『ありがとう、シルヴァン、みんな！』

シルヴァンの遠吠えがなかったら、みんながフィオルを励ましてくれなかったら、きっと彼の声は届かなかった。

私は母親に向かって叫び続けるフィオルの傍へ行き、その体を優しく撫でた。

『ルナお姉ちゃん！　ママだよ‼』

『フィオル、貴方は凄い。本当に強い子ね』

みんなのために必死に叫ぶフィオルの姿を思い返すと、涙が出てくる。

先程までの喧騒《けんそう》が嘘のように、一角獣の群れは静かに母と子の姿を見つめていた。

スーとルーが、ぴょんぴょんとフィオルの周りを跳《は》ねまわる。

『やったぁ！』

『フィオル、凄い凄い！』

メルも私の肩の上から、瞳をウルウルと潤《うる》ませて、フィオルを見つめている。

『よかった、本当によかったですわ』

ジンも興奮した様子で、シルヴァンの背中に駆け上がった。

『流石《さすが》俺たちの弟分だぜ！　なぁシルヴァン！』

『ああ、ジン!!　よくやったなフィオル！』

『うん！　お兄ちゃん!!』

私は立ち上がって、あらためて城壁の下にいる一角獣たちを見渡す。

アレクも彼らを眺《なが》めながら、感極まったように私を抱き寄せた。

「ルナ、お前は大した女だ」

「ア、アレク……」

突然の抱擁《ほうよう》に驚いたものの、心底嬉しそうな彼を見ていると突き放す気にはなれなかった。

「ありがとう、アレク。私を信じてくれて」

アレクが、あの時兵士たちに攻撃を命令していたら、きっと今頃は……

彼が私を信じて時間をくれたから、最悪の事態を免《まぬか》れたのだ。

「礼を言うのはこちらの方だ」

アレクはそう言って優しい眼差しを私に向ける。

私は不思議な安心感を覚えて、思わずその胸に顔を埋《うず》めた。

どうかしてるわ、私。あんなにアレクに反発していたのに……彼の腕の中がこんなにも心地よく感じるなんて。

意識をしたら、急に鼓動が激しくなり、自分の顔が赤くなっていくのが分かった。

自分の変化に戸惑いながら、私は彼から少しだけ身を離した。

「アレク……私」

その時――

城門の内側で待機していた兵士たちの、慌てた声が響く。

「じょ、城門が！　殿下!!」

一度は弓を下ろしていた騎士たちが、再び弓を構えるのが見える。

それを見てルークさんが叫んだ。

「いけません！」

ルークさんの声を聞いたアレクが、腕をほどいたかと思うと、ぱっと身を翻《ひるがえ》して城壁の側面の階段を駆け下りていく。

「矢を射るな‼」

大声でそう叫ぶアレク。

城門は既に限界に達していたのだろう。ゆっくりと開き、そこから一際立派な一角獣が都の中に入ってきた。

アレクはルークさんと共に一角獣の前に走り出て、騎士たちが矢を射るのを制した。

「アレク！」

気がついた時には私も、アレクの後を追って階段を駆け下りていた。息を切らしながら、彼の隣に立つ。

見上げるほど大きな一角獣、ユニコーンの王――聖獣オルゼルス。

その存在感に圧倒されながらも、私は叫んだ。

『お願い、やめて！　貴方たちとアレクたちが戦う理由は無いの‼』

一緒に階段を駆け下りてきたシルヴァンや仲間たちが、私を支えるように傍に来てくれる。

そしてフィオルも――

フィオルは私の前に立つと、真っすぐにオルゼルスを見上げた。

『オルゼルス様、騎士のみんなは、密猟者に傷つけられた僕を助けてくれたんだ！ ルナお姉ちゃんは命懸けで僕を救ってくれた。ルナお姉ちゃんをいじめたら、オルゼルス様だって許さない！』

『フィオル！』

私はフィオルを抱き締め、オルゼルスに目を向ける。

私たちを守るようにアレクとルークさんが聖獣の前に立ちはだかった。

ユニコーンの王はフィオルを見つめ、そして静かに口を開く。

『フィオル、そなたのいななきはよく聞こえた。安心せよ、幼き勇者よ』

そう言ってオルゼルスは、フィオルの角に彼の大きな角をそっと擦《こす》らせた。

『オルゼルス様！』

照れた顔でくすぐったそうに身をよじるフィオル。

その時、城門を越えて二頭の白馬がフィオルに駆け寄ってきた。

『フィオル！』

『ああ、坊や!!』

『パパ！ ママ!!』

雄《おす》の一角獣は全身にいくつもの擦《す》り傷を負っている。

城門を開けるために何度も体当たりをしたのだろう。だが、そんなことを気にする様子も無く、二頭は涙を浮かべてフィオルの体に顔をすり寄せた。

それを見て、兵士たちからも安堵《あんど》と喜びの声が上がる。

フィオルが両親やオルゼルスと話をしているのを、私たちは静かに見守っていた。

リンやスーたちは涙を流しながら飛び跳《は》ねて、全身で喜びを表現する。

『フィオル、よかったね！』

『うん！　スーも嬉しい！』

『ルーも！』

ジンが指で鼻を擦《こす》りつつ、少し目を赤くして言う。

『だな！　よかったな、フィオルのやつ』

『ああ、そうだな』

シルヴァンは小さく笑って頷《うなず》いた。

暫《しばら》くすると、フィオルと彼の両親がこちらにやってきて、私たちに頭を下げた。

『みなさん、ありがとうございます！　フィオルからすべてを聞きました』

『ああ！　貴方がルナさんですね？　坊やの命を救ってくれて本当にありがとうございます！』

『いいえ、私の力ではないわ。騎士団がフィオルを助け出していなければ、命を救うことはできなかったもの』

するとと、彼らの王である聖獣が、ゆっくりとこちらに歩み寄る。

『獣人の王子よ、そして勇ましき乙女よ。先程の我らの行い、どうか許してくれ。仲間を救ってくれたそなたたちに、一角獣の王として心から感謝する』

私は聖獣オルゼルスの言葉をアレクに伝えた。

「アレク、ユニコーンの王が貴方に許してくれって。フィオルを救ってくれたことを感謝するとも言っているわ」

それを聞いたアレクは、口元をほころばせて答えた。

「ルナ、ユニコーンの王にあらためて伝えてくれ。我らに彼らと戦う意志はないと」

「ええ、もちろん！」

私がアレクの言葉をオルゼルスと他のユニコーンたちに伝えると、一気にその場は穏やかな空気に包まれていった。

フィオルは、嬉しそうにシルヴァンたちを両親に紹介する。

『パパ、ママ！　僕、一杯お兄ちゃんやお姉ちゃんができたんだ。彼がシルヴァンお兄ちゃん、格好よくてとっても頼りになるんだ！』

それを聞いてジンが口を尖《とが》らせる。

『なんだよフィオル。俺だって頼りになるだろ？』

『えへへ、ごめん。もちろんだよ、ジンお兄ちゃん』

すかさず、リンやスーたちもフィオルにおねだりをする。

『ねえねえ、リンは？』

『スーはどうなの？』

『ルーはどう？　頼りになるお姉ちゃん？』

ふふ、これじゃあどっちがお兄ちゃんやお姉ちゃんなのか分からないわね。

可愛いお姉ちゃんたちにねだられて、フィオルは嬉しそうに笑う。

『もちろんだよ！　リンお姉ちゃんも、スーお姉ちゃんも、ルーお姉ちゃんもみんな大好き！』

それを聞いて、喜び一杯にフィオルの周りを駆けまわるリンたち。

『やったぁ！』

『スーもフィオル大好き！』

『ルーもだよ！』

フィオルの両親は、目を細めてその様子を眺《なが》めながら私の仲間たちに言った。

『フィオル、よかったな。みなさん、ありがとうございます』

『いいお兄ちゃんとお姉ちゃんが沢山できてよかったわね、フィオル』

『うん！　パパ、ママ』

和《なご》やかな雰囲気の一方で、アレクが難しい顔をして考え込んでいるのに気づいた。

……どうしたんだろう。せっかく一角獣たちと和解したのに。

私は不思議に思ってアレクに尋ねた。

「ねえ、どうしたのアレク？　考え込んじゃって」

「ルナ、一つ気になることがある」

アレクの言葉に私は首を傾げた。

「気になること？」

「ああ、そうだ。一体どうして彼らがここまで激怒して都を襲《おそ》ったのか、俺にはどうも腑《ふ》に落ちない」

ルークさんもアレクの言葉に頷《うなず》いた。

「確かに、彼らの怒りは尋常ではなかった」

「言われてみればそうよね。分かったわ、私が聞いてみる」

「頼めますか、ルナさん」

真剣な顔のルークさんに頷《うなず》くと、私はユニコーンの王に向き直った。

『オルゼルス王、一つ貴方にお尋ねしたいのですが、よろしいですか？』

『構わぬ。そなたは我らが恩人、答えられることであれば包み隠さず話すと誓おう』

『感謝します。その……どうして貴方たちは、あんなに激怒して獣人の都を襲《おそ》ったのですか？』

私の問いに、オルゼルスは怒りの表情を浮かべて大きくいななないた。

すると、一頭のユニコーンが一枚の布を咥《くわ》えてこちらにやってきて、それをオルゼルスに渡すと後ろへと下がった。

オルゼルスはその布を私に差し出す。

『それを見よ……幼き我らが仲間の血だ。血が塗《ぬ》られたその旗を見て、みな怒りに我を失った。我らは、この国の騎士たちにフィオルが惨《むご》い目に遭わされたと思ったのだ』

シルヴァンが耳をピンと立てて、その布を見つめている。

鼻をひくつかせ、低く唸《うな》り声を上げた。シルヴァンがここまで怒るのは珍しい。

『ルナ！　それはフィオルの血だ！　くそっ、一体誰がこんな真似を‼』

『フィオルの……そんな』

フィオルの血が塗《ぬ》られた旗は、アレクが率いている赤獅子《あかしし》騎士団のものだった。私は、慌ててそれをアレクに渡すと事情を伝える。

「馬鹿な！　一体どうしてそんなことが⁉」

動揺するアレクにルークさんが静かに言った。

「そんなことをする者がいるとしたら、一人しか心当たりがありません。先日の一件で、アレク様に恨《うら》みを抱いているあの男……」

「まさか、バロフェルドか⁉　まがりなりにも、奴はこの国の宰相だぞ！　もしもあのまま城門が破られていたら、都はどうなっていたか、流石《さすが》に分からないわけがないだろう」

アレクの横で、怒りに震えるルークさんが拳《こぶし》を握《にぎ》り締めた。

「あの男にとって、この国の民がいくら死のうと関係が無いのです。それが自分が王になるために役立てばそれでよいのでしょう」

「馬鹿な！　そんなことをしてまで王となってなんの意味がある‼」

アレクの怒りの声が周囲に響き渡る。

傲慢《ごうまん》なあの男の顔を思い出す。自分以外の命を、なんとも思っていないあの顔を――

先程の城門に押し寄せる、憤怒した一角獣たちの姿が脳裏に浮かぶ。

もしも、フィオルの叫びが間に合わずに先に城門が破られていたら、一体どれだけの命が失われたのだろう。

想像するだけで、やり場の無い憤《いきどお》りを覚える。

『ひでえ。それじゃあ、この国の宰相が自分の国の都を襲《おそ》わせたっていうのかよ？』

ジンの言葉に、リンやスーたちは不安げに私を見つめる。

『ルナぁ』

『そんなの酷いよぉ』

『どうしてそんな酷いことするの』

シルヴァンが鼻に皺《しわ》を寄せて叫んだ。

『ルナ、そんな奴許せない！』

『ええ、私も許せないわ。絶対に！』

バロフェルドに対する怒りを募らせながら、私はシルヴァンに答える。

アレクは忌々《いまいま》しげな表情で、口元を歪《ゆが》めた。

「おのれ！　バロフェルドめ、もう許せん!!」

「殿下、どうするおつもりですか？　奴だとは分かっていても、証拠が何もありません……」

ルークさんはそう言うと、悔しそうに血塗《ちぬ》られた騎士団の旗を握《にぎ》った。

ふと目を向けると、シルヴァンがその旗の臭いを嗅《か》いでいる。

『どうしたの？　シルヴァン』

『ルナ……臭いがするんだ。この旗に付いている臭いと、同じ臭いがする男の足跡がある』

『どういうこと？』

シルヴァンは騎士団の旗の臭いを嗅《か》ぐのをやめる。そして、私たちがいる城門付近の地面に鼻を近づけ、クンクンと臭いを嗅《か》ぎ始めた。

何かを確信したように頷《うなず》くと、シルヴァンは私を見上げた。

『やっぱりだ。その旗に付いている奴の臭いが、少し前にこの城門を出入りしてる！』

『本当に⁉』

『ああ！　きっとそいつが何か知っているはずだ』

私はシルヴァンの言葉に首を縦に振ると、アレクとルークさんにもそのことを話す。

二人は顎《あご》に手を当て考え込む。

「つまり、フィオルの血の付いた旗を持っていたその誰かが、少し前に外からここに入り、再び外に出ていったということか？　……ルーク、もしや！」

「ええ……殿下。それが本当なら実行犯はその男です。恐らくは、バロフェルドの息がかかった密猟者でしょう。彼らは魔獣の生態をよく知っている。闇に乗じてこの旗を一角獣たちが見つけるであろう場所に置き、何食わぬ顔で都に戻ってきた。バロフェルドたちに首尾を報告するために」

今回の事件の実行犯の臭いが、この旗に付いているのは当たり前だ。シルヴァンは神獣であるセイラン様の息子だけあって、とても五感が優《すぐ》れている。そんな彼が臭いを間違うはずがない。

アレクは怒りに満ちた顔で続けた。

「そして奴らから報酬を受け取り、騒《さわ》ぎの前にまんまと姿をくらましたのだな？　おのれ、よくもぬけぬけとそんな真似を！」

アレクがここまで怒るのも当然だ。治療で使われたフィオルの血の付いた何かを手に入れ、それを騎士団の旗に塗《ぬ》りつけて、一角獣たちにこの町を襲《おそ》わせる——

なんて恐ろしいことをするのだろうか。とても許されることじゃない。

すると、アレクははっとしてルークさんに言う。

「ルーク！　これは千載一遇《せんざいいちぐう》のチャンスかもしれないぞ！　ルナの話では、まだそれほど時間は経っていないはず。もしその者を捕らえ吐かせることができれば、これ以上の証人はいない」

「確かにそのとおりですね、殿下！」

アレクはすばやくこちらに視線を寄越した。

「ルナ！　お前の銀狼は、その男の後を追うことはできるのか？」

私はアレクの問いをシルヴァンに伝える。

『シルヴァン！　その男の後を追跡《ついせき》できる？』

『ああ、ルナ！　やってみせる！　こんなことをする連中を俺は許せない!!』

フィオルと出会ったからかもしれない。いつにもまして逞《たくま》しく、そして頼もしく見えるシルヴァン。

僕って言わなくなったのはお姉ちゃんとして少し寂《さび》しいけれど、それ以上に嬉しい。

『私もよ！　行きましょう、シルヴァン！』

『ああ、ルナ！』

私はアレクに答えた。

「シルヴァンはできるって言っているわ。私も一緒に行く！　シルヴァンと話せる私が必要でしょう？」

「ルナ……分かった。ルーク、ここは任せる！」

「分かりました殿下！　いつでもバロフェルドを捕縛《ほばく》できるように、騎士団を待機させておきます」

ルークさんの言葉にアレクは力強く頷《うなず》くと、騎士団の軍馬の背にまたがった。

私も彼に続いてシルヴァンの背に飛び乗った、その時――

私たちの前に一角獣の王が立ち塞《ふさ》がった。

私はシルヴァンの背に乗ったまま彼に叫ぶ。

『オルゼルス王！　そこをどいて！』

彼は私の言葉に、一声高くいないないた。

『話は聞いた。だが、それでは追いつくまい。もし犯人が早馬を使っておれば、逃げられるだけだ。……ワシの背に乗れ』

彼の台詞《せりふ》に、私は驚いた。

『でも、ユニコーンは人にはあまり寄りつかない生き物と聞くわ。ましてや人を背に乗せるなんて……』

『確かにな。だが我が同胞《どうほう》を傷つける者を逃すわけにはゆかぬ。ルナよ、お前たちは人だ。だがその前に、我らのために命を懸けてくれた友だ』

『オルゼルス……』

彼は堂々たるその体躯《たいく》を翻《ひるがえ》し、私たちに言った。

『さあ乗れ、友よ！　急がねばそやつを逃がすだけだぞ!!』

『ありがとう！』

私は彼の言葉をアレクに伝える。

アレクは一瞬驚いた様子で目を見開いた後、大きく頷《うなず》く。それから私を前に抱き、身をかがめたオルゼルスの背中に飛び乗った。

アレクは、長く美しい白いたてがみを、まるで手綱のように握《にぎ》る。鞍《くら》は無いけれど、一角獣の王の背はとても乗り心地がいい。

オルゼルスはシルヴァンに言った。

『案内を頼めるか、若き銀狼よ』

『ああ、もちろんさ！　絶対に逃がしたりするものか！』

私はルークさんに仲間たちのことを頼んだ。

「ルークさん！　みんなをお願い」

「ええ、ルナさん！　任せてください」

そうして、オルゼルスが疾風《しっぷう》のごとく走り出す。

私とアレクを乗せていても、それをものともしない走りに、私は思わず声を漏《も》らした。

「凄い……」

「これがユニコーンの王か！」

私がシルヴァンとオルゼルスに祝福をかけると、そのスピードは一層増していく。

その時、アレクが思案げに呟いた。

「これは……もしかして」

「どうしたのアレク？」

「この方向は、港町のロファルザークだ。あそこからはジェーレントへの船が出ている」

ジェーレントというのは、獣人の王国エディファンから海を越えた国。エディファンとは商業的な繋《つな》がりも強い。

私は唇を噛んだ。

「船を使って逃げるつもりね」

「間違いない！　ジェーレントに逃げられたら捜《さが》し出すのは容易ではないぞ」

アレクの言葉には焦りが滲《にじ》んでいる。私がシルヴァンとオルゼルスにそれを伝えると、二頭はさらにスピードを上げた。

暫《しばら》くすると潮の香りが漂《ただよ》ってきて、目の前に港町であるロファルザークが見えた。

私たちの立っているなだらかな丘の上からは、港に停泊する帆船《はんせん》が認められる。

その一つをアレクは指差し、叫んだ。

「あれがジェーレントに向かう船だ。急がねば！　もう帆《ほ》を張っている」

アレクの言葉が聞こえたと同時に、シルヴァンとオルゼルスは一気に目の前の丘を駆け下りていく。

『お願い！　急いで二人とも!!』

『ああ、分かってるさルナ！』

『無論だ！　逃しはせん!!』

近づくにつれて、私たちの方を指差しながら船の上で慌ただしく動く人影が見える。

「くっ！　こっちに気がついたようだな。どうやら一人ではないらしい。他の密猟者どもと合流したか」

凄《すさ》まじい速さで駆けてくる大きな一角獣の姿に恐れをなしたのか、彼らは出航を急がせているみたいだ。

シルヴァンが切羽《せっぱ》詰まった調子で叫んだ。

『ルナ！　駄目だ、間に合わない！　船が出るぞ!!』

その言葉どおり、私たちが港にたどり着いた時には、船は海の上を走り始めていた。

オルゼルスが声を張り上げる。

『乙女よ！　しっかりと掴《つか》まっておれ!!』

その言葉の直後、ユニコーンの王は一気に加速し、そして躍動《やくどう》する。

逞《たくま》しいその足は大地を蹴《け》り、美しいその体は宙を舞った。

まるで空を駆けるペガサスのように、大きなジャンプだ。

こんな時だけれど、胸が躍《おど》る。

帆船《はんせん》の甲板《かんぱん》にオルゼルスが着地すると、それを見て数名の男が剣を抜きこちらに向かってくる。

「ルナ！　お前はオルゼルスの傍を離れるな！」

アレクはそう叫ぶと、腰から剣を抜いて鮮やかに男たちを打ち倒していく。

「うぐぅああ!!」

「お、おのれ」

うめき声を上げて床に倒れる密猟者たちだが、そのうち誰一人として死んではいない。

証人にするために、相手に致命傷を与えるのを避けているのだろう。驚くほど見事な剣の腕だ。

燃え上がるような真紅の髪が風に煌《きら》めき靡《なび》く。

『むぅ！　獣人の王子よ後ろだ!!』

密猟者たちはすべてアレクに打ち倒されたと思ったその時、オルゼルスが叫んだ。すばやくアレクの方に目を向けると、弓を持った男が一人、後ろから彼を狙っていた。

「馬鹿め！　死ね!!」

「アレク！」

私は思わず飛び出していた。

「ルナ!!」

「ホーリーアロー！」

私は男に向かってシスターの聖なる矢を放った。

「ぐあぁああ!!」

私の矢が相手の肩を貫《つらぬ》く。同時に、私の頬を密猟者の矢が掠《かす》めた。

背筋が凍るような感覚に全身が震える。だけど、こんな人たちに負けたくない。

もう少しで沢山の命が失われるところだったと思うと、とても許すことなどできない。

「貴方たちを許さない！　誰に命令をされたのか、すべて話してもらうわ！」

私に続いて、アレクが船員たちに命じる。

「エディファンの第二王子、アレクファートが命じる。今すぐにこの船を岸に戻せ！」

それを聞いて船員たちは目を見開く。

「アレクファート殿下!?」

「間違いない、あの剣に刻まれた紋章《もんしょう》を見ろ。王家の紋章《もんしょう》だ」

「ど、どうして王子殿下がこんなところに！」

彼らは慌てながらもアレクの命令に従い、船の進路を変え、再び岸に向かわせる。

どうやら、彼らは密猟者の仲間ではないようだ。

アレクは床に這《は》いつくばっている密猟者たちを、船員たちに用意させた縄で捕縛《ほばく》する。

「ジェーレントに向かう商人を装っているとはな。この姿では誰も密猟者だとは思うまい」

「ええ、アレク」

彼らはみな、身なりのいい商人風の格好をしている。船員たちも彼らが密猟者だとは露《つゆ》ほども思っていなかったらしく、非常に驚いていた。

船が岸に近づくと、港で待っていたシルヴァンが華麗にジャンプして甲板《かんぱん》の上にやってきた。

『ルナ！　大丈夫か』

『ええ、シルヴァン。心配しないで』

シルヴァンは頷《うなず》くと、床の上に座らされた五人の男のうち、一人に向かって歩いていく。

そしてその男の臭いを嗅《か》いだ。

『ルナ、オルゼルス、こいつだ！　フィオルの血の付いた旗を使って、獣人の都を襲《おそ》わせたのは』

『なんだと！　この、悪魔めが!!』

オルゼルスの全身から怒りのオーラが放たれる。その凄《すさ》まじい気配に、密猟者たちは顔を真っ青にして怯《おび》えた。

長く鋭い角が、シルヴァンが示した男の鼻先に突きつけられる。

アレクがその男を冷たく見下ろして宣告した。

「騎士団の旗の一件、貴様がやったことはもう分かっている。素直に吐くことだな。大人しくすべてを話さなければ、俺が取り調べをする前にその体に穴が開くぞ」

「ひっ！　ひぃぃいい!!」

あと半歩でもオルゼルスが進めば男の命は無いだろう。

それを悟って男は叫んだ。

「ゾファダ様だ！　お、俺はゾファダ様に頼まれただけだ!!」

アレクは男を睨《にら》みながら繰り返す。

「バロフェルドの側近のゾファダか？　ということは、やはりバロフェルドが黒幕だったのだな」

「ええアレク！　私も証人になるわ」

私の言葉にアレクは頷《うなず》くと、剣を鞘《さや》にしまった。

「これで、バロフェルドも終わりだ。事は密猟だけでは収まらない、国を揺るがす重大事。宰相と言えども、奴の身柄を押さえて徹底的に調べることができる」

アレクは船長らしき人物に言った。

「この男たちの積み荷は調べたか？」

「い、いえ殿下。彼らはジェーレントの王侯貴族との取引をするための、特別許可証を持っておりますので、我らでは……」

聞くと、特別許可証を持つ者の荷物は、一定の立場以上の人間でないと、中を確認することはできないらしい。

私はアレクと顔を見合わせる。

「アレク、きっと密猟者たちの扱う密輸品よ」

「ああ、間違いないだろう」

ジェーレントは商業が盛んな国。その国の王族や貴族は宰相バロフェルドのいい取引相手だったに違いない。

アレクは船長に命じた。

「構わん、俺が許可する。徹底的に積み荷を調べ上げろ」

「は！　はい、殿下」

船長の言葉にアレクは頷《うなず》くと私に言った。

「やったぞ、ルナ！　お前のおかげだ。これできっと奴を追い詰められる」

「ええ、よかった……」

そう答えると、緊張《きんちょう》で張りつめていた気持ちが少し緩《ゆる》み、体の力が抜けた。そして、さっき私の頬を掠《かす》めた矢を思い出して、今更体が震える。

青ざめた私に気がついたのか、アレクはそっと私の頬を撫でた。

「少し血が出ている。さっきはどうしてあんな無茶な真似をした？　一歩間違えば死んでいたかもしれんのだぞ」

「そんな風に言わないでよ。アレクが危ないって思って、私、必死だったんだから」

理由なんて分からない。ただ、アレクが危ないって思ったら自然に体が動いてしまったのだ。

アレクが傷つくことなど絶対に嫌だ。私が守らなくては、と――

こんな思いに駆られたのは初めてだ。

ふと見上げると、彼はどこか熱を帯びた瞳で私を見つめている。

「ルナ、お前は本当に不思議な女だ。俺が知っているどんな女とも違う……」

潮風に靡《なび》く赤い髪、そしてそれと同じ色の瞳——いつもとは違う、低く甘い彼の声に、心臓がドキドキと音を立てているのが分かる。

ゆっくりと彼の唇が近づいてくる。

でも、まるで魔法にかかったように、体が動かない。

「アレク……私」

私はそっと瞳を閉じる。その時、甲板《かんぱん》がガクンと揺れた。

船が再び港に着けられたのだろう。その揺れで私たちは互いに目を見開き、すばやく体を離した。

「殿下！　岸に着きました。積み荷もこれから調べさせて頂きますが、ご覧になりますか？」

先程の船長がやってきて、アレクに声をかけた。

アレクは少し赤い顔で私を見つめると、軽く咳ばらいをして船長に答えた。

「今行く。ルナ、お前も来るか？」

「え、ええ。そ、そうね、一緒に行くわ」

船が港に着かなかったら、どうなっていたのだろう。それともただの私の勘違いだったのかな……？

私はアレクの横顔をちらりと一瞥《いちべつ》して、そっと指で自分の唇をなぞった。

……気にしたって仕方ないよね。よし、今は、ちゃんと積み荷を調べよう！

気を取り直して、私はアレクと一緒に積み荷が山積みされた船倉に行く。

バロフェルドからの許可証を得て積み込まれた荷物を、アレクが命じて船長や船員たちに開封させる。

その中身を見て私は絶句した。

「そんな……酷い」

そこに入っていたのは、魔獣の剝製《はくせい》。その目は怒りと憎悪に満ちている。

「酷いことをする。恐らく生きたまま特殊な魔法道具を使って剝製《はくせい》にされたのだろう。その方法が一番高く売れると聞いている」

「生きたままって……そんな！　酷すぎるわ!!」

この剝製《はくせい》だけじゃない。次々と開封された木箱の中から、保護対象のはずの動物たちの牙や角、そして毛皮が取り出される。

中にはまだ幼い一角獣の小さな角まであった。

「酷い……」

私は思わずぎゅっと眉根を寄せた。そして、そっとその小さな角に触れる。

私の脳裏に、苦しそうに助けを求めて鳴く子供の一角獣の姿が浮かぶ。

角を切り落とされた時、どんなに苦しかったことだろう。

私は爪が手の平にくい込むほど、強く拳《こぶし》を握《にぎ》った。

「許せない……」

「バロフェルドは金のために、どれほどの命を奪《うば》ったのか」

自分の私腹を肥やすためだけに多くの命を奪《うば》ったバロフェルド。それだけでなく彼は、密猟者を使い都を危険に陥《おとしい》れ、一角獣や獣人たちの命まで犠牲《ぎせい》にしようとした。

……こんなに誰かを許せないと思ったことはない。

「アレク、エディファルリアに帰りましょう」

「ああ、あの男に断罪を下す！」

「ええ、絶対に！」

私たちは甲板《かんぱん》に出ると、オルゼルスに船倉での光景を伝えた。

怒りに震える一角獣の王は、一際大きくいななきを上げた。

『我が背に乗れ、友よ。そのような悪魔を決して許してはおけぬ！』

◇◇◇

日が傾き始めた頃、獣人たちの都エディファルリアの玉座の間《ま》では、一人の男の怒鳴り声が響いていた。

「ええい！　いつまで放っておかれるのです陛下！　今すぐ城壁の外にいる一角獣どもを始末するのです‼」

血走った目でそう叫んでいるのはバロフェルドである。

傲岸不遜《ごうがんふそん》な様子で顔を忌々《いまいま》しげに歪《ゆが》める彼の心中は、穏やかではない。

（一体どうなっておるのだ！　何故一角獣どもは、下民どもを蹂躙《じゅうりん》せん。アレクファートは何をしたというのだ？　おのれ、このままでは埒《らち》が明かぬわ！）

バロフェルドに続いて、彼の配下である一部の貴族たちも同じように声を上げた。

「宰相閣下の仰るとおりです！」

「あの獣どもを殺すべきです！」

「一頭残らず始末するべきだ‼」

「城門は既に破られているのですぞ！」

その声にエディファンの国王であるアレキウスは、首を横に振った。

アレクファートと同じ赤い髪、そして凛々《りり》しい獅子《しし》族の特徴を持つ獣人の王である。

「ならぬ！　聞けば、もはや一角獣たちに我らと争う意志は無いというではないか。そんな彼らに手を出すなど愚《ぐ》の骨頂《こっちょう》であろう！」

玉座に座るアレキウスの隣で、美しい獣人の女性も口を開いた。王妃フィアナだ。

「国王陛下の仰るとおりです！　騒《さわ》ぎはアレクファートが治めたと聞きました。ルーク、そうですね？」

「はっ！　王妃様、そのとおりでございます」

それを聞いてバロフェルドは嘲笑《あざわら》う。

「ではそのアレクファート殿下は、一体どこにおられるのか？　赤獅子《あかしし》騎士団を束ねる任を預かりながら、あのお方はどこにもおられぬではありませぬか、王妃陛下？」

そのあまりの口ぶりに、王妃であるフィアナは美しい顔を怒りに染めて体を震わせる。

「バロフェルド！　無礼ではありませんか!!」

それを受け、バロフェルドは傲慢《ごうまん》な顔で国王と王妃を一瞥《いちべつ》すると言い放った。

「もうよい。お二人がお命じにならぬのなら、宰相である私がやるとしましょう。この国を襲《おそ》った獣たちを討ち滅《ほろ》ぼし、誰が次の王に相応《ふさわ》しいのか、みなに知らしめて差し上げます！」

「な、ならぬ！　バロフェルド、アレクファァートが戻るのを待て！」

バロフェルドは国王の顔をじろりと眺《なが》めると吐き捨てる。

「戻るのを待て、ですと？　何を隠しておいでなのかは知りませぬが、国の危機を放置して去った王子など待つに値しませんな。そもそも、あの獣たちはまたいつ都を襲《おそ》うか知れぬ。血の臭いに我を忘れて、この都を襲《おそ》った獣どもなど殺してしまえばいいのだ！ふは！　ふははは!!」

彼の笑い声を聞いて、ミーナと共にこの場所に来ていたジンが憤《いきどお》る。

『ふざけやがって！　一角獣たちがこの都を襲《おそ》ったのは、お前のせいじゃないか！』

ジンは怒りのあまり人々の間をすり抜けてバロフェルドの体によじ登ると、その顔を引っかいた。

「ぐあっ！　おのれ、このケダモノめ！　どこから現れおった!!」

そう言ってバロフェルドはジンを掴《つか》むと、その手で締め上げる。

『放せよ！　くそぉ！』

苦しげなジンの姿に、リンやスーたちが一斉《いっせい》にジンを助けようと駆けつける。

『ジンに、何するの！』

『この悪者め！　ルーが許さないんだから‼』

『スーだって‼』

メルも負けじとバロフェルドの肩に駆け上がる。

その場は騒然《そうぜん》となり、バロフェルドはたまらずジンを床に叩きつけようとした。

目の前の光景に叫び声を上げるリンたち。

『『『ジン‼』』』

『うぁあああ‼』

その時――

「やめて！　私の仲間たちに何をするの‼」

玉座の間《ま》に声が響くと同時に光の矢が放たれて、バロフェルドの服の袖《そで》を貫《つらぬ》く。

「くっ！　な、何⁉」

突然のことにバロフェルドはたじろいだ。その拍子《ひょうし》にバロフェルドの手から解放されたジンが、くるりと回転して床に着地する。

『た、助かったぜ！　もう少しで床に叩きつけられるところだった』

ジンはほっと息を吐いて、自分を助けてくれた光の矢が飛んできた方を見る。

そこには光の弓を構えて立つ少女がいた。

『大丈夫？　ジン！』

『ルナ!!』

思わず叫ぶジン。リンやルーたちもその姿に気づき、嬉しそうにルナのもとに駆け寄る。

『ルナぁあ!!』

『お帰り！』

『心配してたんだからぁ！』

『みんな！　ただいま!!』

ジンは相棒のシルヴァンの背に駆け上がる。

『シルヴァン！』

『よう！　ジン』

動物たちに囲まれて立つルナを見て、バロフェルドが怒りの声を上げる。

「お、おのれ。貴様はあの時の小娘！　一体なんのつもりだ？　宰相であるこのワシに弓を引くなど万死に値する!!　者ども、その小娘を取り押さえよ！」

「「はっ！　宰相閣下!!」」

すかさず衛兵たちがルナを取り囲む。

「ルナさん！」

ルークがルナを守るようにその前に立つ。

ルナはバロフェルドを睨《にら》むと言った。

「万死に値する？　それは貴方よ！　話は聞かせてもらったわ。貴方はさっき、血の臭いに我を忘れてと言ったわね。どうしてそんなことを知っているの？　一角獣たちが何故この都を襲《おそ》ったのか、貴方が知っているなんて変じゃない！」

ルナの言葉にざわめく周りの貴族たち。バロフェルドは焦った様子で叫ぶ。

「な、何を言っている！　この小娘が!!」

その時、部屋の入り口から声が聞こえた。静かな、だが怒りに満ちた声が玉座の間《ま》に響く。

「ルナの言うとおりだ。語るに落ちたなバロフェルド！」

入り口から入ってくる人影を見て、ルークは叫んだ。

「殿下!!」

国王と王妃も息子の姿に声を上げる。

「帰ったか、アレクファート！」

「ああ、アレク！」

アレクは両親の前に膝《ひざ》をつき一礼すると、立ち上がり血塗《ちぬ》られた騎士団の旗をバロフェルドに突きつけた。

「バロフェルド、貴様がやったことはすべて明らかになっている。一角獣の子の血をこの旗に塗《ぬ》り、それを使って一角獣たちにこの都を襲《おそ》わせた。その罪、許しがたい！」

アレクの口から放たれたあまりの内容に、宰相の手下の貴族たちからもどよめきが起きる。

「お、おい。まさか、宰相閣下がこのエディファルリアの都を襲《おそ》わせたとでもいうのか？」

「あ、あり得ぬ」

「いくらなんでも、そのような大それたこと……」

思わずバロフェルドの方を見る貴族たちを前に、バロフェルドは怒声を上げた。

「ふ、ふざけるな！　何を証拠にそんなことを！」

ルナはバロフェルドを睨《にら》むと言った。

「とぼけないで！　貴方たちが何をしたのかは、一角獣たちから話を聞いてもう分かっているわ」

それを聞いたバロフェルドは、大声でルナを嘲笑《あざわら》う。

「ふは！　ふはは！　聞いたか？　このペテン師が！　動物の言葉を話せるなどと周りの者に吹き込んでいるようだが、呆れましたなアレクファート殿下。一国の王子がそんなことを信じるなど、どうかしておるわ!!」

「……ルナがペテン師だと？」

アレクは怒りを込めた眼差しでバロフェルドを見据えると、入り口の方に向かって声をかける。

「あの男を連れてこい！」

すると騎士が、一人の男を玉座の前に連れてきた。男は宰相の傍に立つゾファダを見つけると、すがるように叫ぶ。

「ぞ、ゾファダ様！　ど、どうかお助けください!!」

「な！　ルド、お、お前が何故ここにいる」

ゾファダは呆然として声を上げる。まさか、オルゼルスから事情を聞いたルナたちが、シルヴァンの追跡《ついせき》のおかげでその男を捕らえたとは思いもよらないだろう。

ルークの視線が静かにゾファダを射貫いた。

「ゾファダ殿。どうやら貴方は、この男を知っておられるようですね？」

「そ、それは……」

言葉に詰まるゾファダ。アレクはすらりと剣を抜き、彼の胸元に剣を突きつける。

「この男はすべて吐いたぞ、お前がこの旗を使い都を襲《おそ》わせるように命じたのだとな。

お前たちはもう終わりだ」

「わ、私はただ宰相閣下のご命令で！」

それを聞いて、バロフェルドは腰の剣を抜き放ち叫んだ。

「だ、黙れ！　この痴《し》れ者め!!」

そして、手にした剣をゾファダに振り下ろす。だがその剣は、ルナの放った光の矢によって弾かれた。

「させないわ！」

「ぐぬ！　おのれ！　こ、この小娘が!!」

高い音が響き、バロフェルドの剣は宙を舞いその足元に転がる。アレクは再びバロフェルドを鋭く睨《にら》みつけ、はっきりと告げた。

「バロフェルド、言ったはずだ、貴様らはもう終わりだと。捕らえよ！」

「だ、黙れ！　小僧!!」

アレクの言葉を合図にして、一斉《いっせい》に玉座の間《ま》に入ってくる赤獅子《あかしし》騎士団の騎士たち。

それを見て、バロフェルドは血走った目で怒声を上げる。

「お、おのれぇ！　このワシを誰だと思っている!!」

僅《わず》かに残った私兵と共に、バロフェルドは別の扉から外へと逃れようとする。

だが、兵士の一人がその扉を開けると、上を見上げて悲鳴を上げた。

「ひっ！　ひぃい!!」

そこには巨大な白馬――オルゼルスが立ち、兵士を見下ろしていたのだ。

『どこへ行く？　悪党ども、貴様らを逃したりはせぬ』

ルナはバロフェルドに言った。

「オルゼルス王だけじゃない、もうこの部屋は赤獅子《あかしし》騎士団が包囲してるわ。バロフェルド、貴方は終わりよ！」

ルナの言葉に、邪悪な宰相は声を荒《あら》らげる。

「こ、この小娘が！　ワシはこの国の宰相だぞ！」

「そんなの関係ないわ。貴方は一角獣たちだけじゃない、この国に住む人たちさえも犠《ぎ》牲《せい》にしようとした。そんな貴方に、この国の王様になる資格があるわけない」

「黙れ、小娘！」

怒りに我を忘れたバロフェルドは、近くにいた兵士から剣を奪《うば》い取るとルナに向かって襲《おそ》いかかる。

だが、すばやくその前に立ちはだかったアレクの剣が、それを鮮やかに弾き返した。

「ぐぬぅ!!」

「ルナの言うとおりだ、バロフェルド。貴様みたいな外道を許すわけにはいかん！」

アレクに剣を弾き飛ばされ、惨《みじ》めに床に転がるバロフェルド。

もう彼の私兵たちすら、バロフェルドを守ろうとする者はいない。

「お、おのれ……このワシが!!」

「バロフェルド、貴様がやったことはすべて吐いてもらうぞ。その後に厳しい裁きが下されると知れ！」

アレクはルナを守るようにバロフェルドの前に立つと、騎士たちに命じた。

「この恥知らずを連れていけ」

「はっ！　殿下!!」

「おのれぇえ！　覚えておれ、覚えておれよ！　アレクファート!!」

騎士たちに連れられていくバロフェルドの声が、王宮の廊下に響き、次第に小さくなっていく。

アレクは普段から宰相に従っている貴族たちに言う。

「あの男と手を組み今回の件に関わった者がいるのならば、今のうちに正直に申し出ることだな」

「そ、そんな殿下！」

「め、滅相《めっそう》もない。まさか宰相殿がこの国を襲《おそ》わせるなどと！」

「わ、我らには一切関係の無いことでございますぞ！」

ルークは彼らを静かに眺《なが》めると言った。

「その言葉を信じぬとは申しませんが、貴方がたも取り調べに応じて頂きますよ。連れていきなさい！」

騎士団の兵士に連れられていく一部の貴族たちを見届けた後、アレクは気づかわしげにルナに言った。

「大丈夫かルナ？」

「ええ、アレク。あんな男に負けて怯《おび》えるなんて御免よ！」

毅然《きぜん》として答えるルナに、アレクは笑みを浮かべた。

「お前らしいな、ルナ」

「な、何よ、アレク。どうせ可愛くないって言いたいんでしょ？」

そう言ってルナは少し頬を膨《ふく》らます。すると、侍女のミーナがルナのもとに駆け寄った。

「聖女様！　ご無事で！」

動物たちもルナの周りで飛び跳《は》ねる。

リンがルナの肩の上で胸を張った。

『やったねルナ！』

『ええ、リン』

羊うさぎのルーとスーは、頭の角を勇ましく突き出す。

『悪者をやっつけたんだから！　ね、スー』

『うん！　ルー』

その愛らしい姿に、ジンとメルは顔を見合わせ笑った。フィオルは両親と共にいるのだろう。

国王と王妃は動物たちに囲まれている少女を眺《なが》めながら、息子に声をかけた。

「アレク、ルークから秘密裏に聞かされていた。このお方が聖女殿なのだな？」

「なんでもこのお嬢さんが、我が国を救ってくださったとか！」

そう言って立ち上がる二人にアレクは答えた。

「はい、父上、母上。彼女の名はルナ。都を守り、今回の事件を解決できたのは、ルナたちの活躍のおかげです」

第三章　獣人たちの都

アレクの言葉を聞いて、ジンがシルヴァンの背で胸を張る。

『へへ、みんな！　アレクの奴、解決したのは俺たちのおかげだってさ』

それを聞くと、リンとスーたちも嬉しそうにはしゃぐ。

『ほんとに？　やったぁ！』

『フィオルのおかげだね。ルーたちの自慢の弟だもん！』

『えへへ、シルヴァンも凄かったよね』

リンたちの言葉に、ジンは口を尖《とが》らせた。

『ちぇっ、俺だって頑張ったよな？　ルナ』

王様たちの前でも相変わらずの、私の仲間たち。私は彼らの愛らしさに笑みを浮かべつつ、ジンの頭を撫でて言った。

『もちろん！　フィオルやシルヴァンだけじゃないわ。みんながいなかったら、きっと上手くいかなかった』

ジンは照れ臭そうに笑う。

『へへ、だろ？』

スーとルーも嬉しそうにぴょんぴょん跳《は》ねる。

『スーも頑張ってた？』

『ルーも？』

『ええ、もちろん』

そしてリンは、私の肩の上で小さな手を胸の前で合わせ、上目遣いにこちらを見つめてきた。自分も褒《ほ》めてほしいのだろう。

その仕草《しぐさ》がとっても愛らしくて、私は指先でリンの頬をつんっと優しく突いた。

『リンもよ。リンがいてくれると、私もみんなも凄く元気になるの』

『ほんとに!?　ルナ、大好き！』

私の頬に顔をすり寄せるリン。いつも元気なリンは、みんなにも元気をくれる。

この旅だってリンの笑顔のおかげでとっても楽しくなった。メルはそんなリンを見て、嬉しそうに笑っている。

私はアレクの横顔をこっそりと見つめた。アレクはさっき『ルナ』じゃなくて『ルナたち』と言ってくれた。それが嬉しかったのだ。

ちょっとしたことかもしれないけれど、私にとっては大きなことだった。だって、フィオルやこの子たちの頑張りを分かってくれたってことだもの。

私はあらためて、国王陛下と王妃様にお辞儀をした。

「初めまして、私はルナと申します」

「ああ！　聖女ルナ、貴方の話はルークから聞きました。城門を破った一角獣たちの前に立ち、彼らを説得したとか。我が国の民を救ってくださったこと、この国の王妃として深くお礼を申し上げます」

「そんな！　頭を上げてください、王妃様！」

私が恐縮していると国王陛下が私に声をかける。

「私も国王として礼を言わせて頂くぞ、聖女殿。しかし動物と話ができるというのは本当なのだな、これは驚いた」

国王であるアレキウス陛下は、やっぱり父親だけあってアレクに似ている。年齢は四十代後半ぐらいで、国王に相応《ふさわ》しい威厳《いげん》がある。

アレクと同じ燃え上がるような赤い髪が特徴的な、渋くて素敵なおじ様っていう感じだ。

隣にいらっしゃるのが王妃様。品のいい美貌に思わず見惚《みと》れてしまう。

お二人と暫《しばら》く話をしていると、王妃様は興味津々《きょうみしんしん》といった様子でアレクに尋ねる。

「アレクファート。一体、聖女ルナと貴方はどのような間柄なのです？　先程の息の合った様子、もしかして貴方の大切な方なのですか？　そうなのでしたら母には隠さず話してください」

「は、母上!!」

「お、王妃様！　そ、そんな違います。アレクファート殿下とはまだ出会ったばかりですし……」

私はアレクと顔を見合わせてそう言った。珍しく動揺するアレクの頬が、ほんのり赤く染まっている。

王妃様が残念そうに私を見つめた。

「そうなのですか？　息子がこれほど女性に信頼を寄せる姿など、今までに見たことがなかったものですから」

「こほんっ。母上、ルナは今回の一件に協力してくれただけ。本当にそれだけです！」

アレクの言葉に、私は少し頬を膨《ふく》らませて彼を睨《にら》む。

何もそんなに言い切らなくても。船の上では私に……

私は船の上で、彼の唇がすぐそこまで迫った時のことを思い出し、顔に熱が集まるのを感じた。

そして慌てて王妃様に言う。

「そ、そうです！　殿下と私はそれだけの関係ですわ‼」

王妃様は私の言葉に心底残念そうにため息を吐いた。

「残念ですわ。アレクファートにもようやくそういう女性ができたと思いましたのに」

素敵で可愛い王妃様に苦笑しつつ隣を見ると、何故かアレクが私を睨《にら》んでいる。そして、小さく呟いた。

「そこまでむきになって否定することはあるまい」

……先に否定したのはアレクじゃない！

私はツンと顔を背けた。大体、そんな関係じゃないのは事実なんだし。

そんな中、アレキウス王は顔を曇《くも》らせながらアレクに語りかける。

「それにしても、宰相であるバロフェルドがあそこまで腐《くさ》りきっていたとは」

「はい、父上。今までは迂闊《うかつ》に手が出せませんでしたが、これだけの証拠があれば奴ももう終わりです」

当然よね。事は国を揺るがすような重大事件だもの。

アレクの言葉に国王陛下は頷《うなず》いた。

「あの男に関する調査は、すべてお前に委《ゆだ》ねる。頼んだぞ、アレクファート」

「はっ、父上！　お任せください。余罪もすべて吐かせ、厳しく裁くつもりです」

アレクは陛下に向かってそう宣言し、恭《うやうや》しく頭を下げた。

それにしても、アレクってみんなから信頼されてるんだ。今だってなんだか凛々《りり》しい。

私にはいつもあんな態度だけど、こういうところを見ると、やっぱり王子様なんだなあって思う。

そういえば、もう一人の王子の姿が見えない。

アレクは第二王子だから、お兄さんの第一王子がいるはずなんだけど、それらしい人の姿は無い。

病弱だって言っていたから、王宮のどこかで休んでいるのかしら？

ふと窓の外に目を向けると、日がかなり傾いてきていた。

王妃様は私の手を握《にぎ》って言う。

「ルナさん、王宮に貴方の部屋をすぐに用意させましょう。いつまでいてくださってもいいのですよ！」

「い、いいえ、王妃様そんな！　私は旅の途中ですから、すぐにお暇《いとま》することになりますので」

元々エディファルリアに来たのも、アレクたちに出会ったからだもの。

獣人の国には興味があったから来られたのはよかったけど、こんな重大な事件に巻き込まれるとは思ってもみなかった。

それにこのまま長居をしたら、色々ボロが出そうだし。

婚約破棄されて、ファリーンを追放されたなんて、アレクには知られたくない。

私は思わずアレクを見た。すると、彼も驚いた様子でこちらを見ている。

「ルナ……旅の途中だったのか?」

「う、うん。アレク、実はそうなの。色々あったけど、会えてとても楽しかった」

そういえば、アレクたちに旅をしているって話はしたことが無かったっけ。出会いは最悪でこんな奴大嫌いだって思ったけど、フィオルのことで信じてくれたのは凄く嬉しかった。

さんざん馬鹿馬鹿言いながら、いざという時にはいつも力になってくれて……アレクには助けてもらってばかりだったな。

肩の上にいるリンが、小さな手で私の頬に触れた。

『ねえ、どうしたのルナ?　少し寂《さび》しそう……』

『ふふ、そうかもね。大変だったけど、楽しいことも一杯あったもの』

アレクは私をじっと見つめていたものの、それ以上何も言わなかった。

王妃様は、とても残念そうな顔で私に声をかける。

「それは残念ですわ。ですが、せめてお礼と歓迎の宴《うたげ》だけでも開かせてください。ねえ？　貴方」

「ああ、無論だ。国を救ってくれた恩人をこのまま旅立たせてしまっては申し訳ない。明日にでも盛大な宴《うたげ》を開くとしよう」

ルークさんも私に言った。

「ルナさん、どうかもう暫《しばら》く、このエディファルリアにいてくださいませんか？　厚かましいお願いですが、一角獣たちとのことなど、ルナさんにはお力を貸して頂きたいのです」

確かに彼らとのことをこのままにして、ここを去るのは無責任だ。

一部の一角獣たちはまだ城壁の外にいる。城門を壊した以上、それが直るまではこの地にとどまって外敵から都を守るというのだ。

彼らと意思疎通ができるのは、この国できっと私だけ。

私はルークさんに頷《うなず》いた。

「ええ、ルークさん。もちろん協力させてください。フィオルのこともまだ心配ですし。

それに私も、みんなとエディファルリアを色々見てまわりたくて、一週間ほどでよかったら、ぜひ」

大きくて立派な城門だけど、それだけあればきっと直るよね。

ルークさんは嬉しそうに私に頭を下げる。

「ありがとうございます、ルナさん。感謝致します」

一連の話を隣で聞いていたアレクは、私に言った。

「ルナ、ならばその期間は俺の用意した部屋を引き続き使え。侍女もミーナの方が気心が知れているだろうからな」

「うん、アレクありがとう」

ミーナは私が倒れている間、仲間たちの面倒を見ていてくれた。年齢も近いし話しやすいから、正直助かる。

ミーナはにっこりと笑うと私に言った。

「ルナ様、今日は直に日も暮れますし、色々ございましたからお部屋でゆっくりしてください。明日、ミーナが都をご案内致しますわ」

「ありがとう、ミーナ。楽しみにしているわ」

その後、私はアレクが用意してくれたあの部屋に戻ってきた。

アレクとルークさんは、これからバロフェルドの取り調べがあるみたい。

話が一段落すると、ルークさんが私に問いかける。

「それではルナさん、殿下と私はこれで失礼させて頂きますが、何かご要望はございませんか？」

「ありがとうルークさん。そうね……」

まだ夕方だもの。寝るには早すぎるし、でも街を見てまわるのはミーナが言うように明日の方がよさそう。

フィオルに会いに行きたい気もするけど、せっかく両親と再会できたんですもの、今日は親子水入らずがいいと思うし……

私は考え込んでしまう。そして、ハッと思いついた。

「そうだわ！　ルークさん。私、エディファンに住む動物たちについてもっと詳しく知りたいの。そういうことが学べる本は無いかしら？　王宮なら、貴重な文献もあるんじゃないかって思って」

ここは獣人の国の都、エディファルリア。ここでしか見ることができない貴重な本もあるかもしれない。

ルークさんは思い出したように私に尋ねる。

「そういえばルナさんは、動物を治すのが仕事だと仰ってましたよね」

「ええ、だから興味があって」

ルークさんは私の言葉を聞いてアレクに言った。

「殿下、ルナさんに王宮の大書庫を使って頂くのはどうでしょう？　貴重な資料もございますので、お使いになられる方は許可が必要ではありますが」

「ああ、構わん。ルナが使いたいと言うのならば、俺が許可する」

そう言うと、アレクはミーナに一枚の紙を用意させる。そこに羽根ペンでサラサラと何かを書いて私に手渡した。

「アレク、これは？」

「王宮の大書庫を使う許可証の代わりだ。特別に俺が認めたという言葉とサインを記してある。侍女のミーナや、お前の動物たちと共に入れるように書いておいた」

見ると、確かに動物たちのことまで書いてある。

「お前たちには世話になったからな」

「ありがとう、嬉しい！」

私はアレクにお礼を言って、許可証をそっと胸に抱えた。王宮の書庫になら、きっと見たこともない本が沢山あるはず。それに宮殿の中に作られた大書庫なんてちょっとワクワクする。

期待に胸を膨《ふく》らませる私を見ながら、アレクは少し呆れた表情を浮かべた。

「王宮の書庫に行くぐらいは構わんが、大人しくしていろよ。お前は目を離すとすぐに無茶をするからな」

「何よ、馬鹿にして。私は子供じゃないわ」

思わず口を尖《とが》らせると、ルークさんがクスクスと笑う。

「確かにそれは言えるかもしれませんね。ルナさんは、本当に思いがけないことをなさるお方ですから」

「もう！　ルークさんまで」

「ふふ、褒《ほ》め言葉ですよ」

アレクは私の頬にそっと手を当てると、優しい眼差しを向けながら言った。

「お前を心配しているだけだ。何かあったら俺に知らせろ、一人で無茶はするな。いいな？」

頬に触れられて一瞬動揺した私は、しどろもどろになりつつもなんとか言葉を返す。

「あ、ありがとう……アレク、貴方も気をつけてね」

「ああ、心配するなルナ」

宰相は捕らえられたのだから、もう何も心配は無いと思う。

でも、バロフェルド公爵が憎々しげにアレクに叫んだ言葉を思い出すと、つい不安がよぎる。

アレクがそっと頬から手を離して言った。

「ルーク、そろそろ行くぞ。ミーナ、ルナを頼む」

「はい、殿下！　お任せください」

アレクとルークさんは私たちに別れを告げ、部屋を後にした。

アレクが出ていった扉を、なんとなく寂《さび》しい気持ちで眺《なが》めていると、ミーナがクスクスと笑い始めた。

「どうしたの？　ミーナ」

「だって、殿下ったら分かりやすいんですもの。もう事件は解決したのに、あんなにルナ様のことを心配なさって。よっぽどルナ様のことが大事なのですね」

ミーナの言葉に、思わず頬が熱くなる。

「ち、違うわよそんな。今日は色々あったから、それでアレクは心配してるだけだわ」

一角獣たちのことはもちろんだけど、船の上で密猟者の矢が私の頬を掠《かす》めるなんてことまであったから。

私はコホンと咳ばらいをして、ミーナに言った。

「それより、早速大書庫に行ってみたいわ。ミーナ、案内してくれる？」

「ええ、もちろんですルナ様！」

私はみんなに尋ねる。

『ねえ、みんな。私はこれから王宮の書庫に行くんだけど、一緒に行く？』

リンやスーたちは首を傾げた。

『ルナぁ、それってどんなところなの？』

『ねえ、スー知ってる？』

『分かんないよ、ルー』

ジンは胸を張ると言った。

『本ってやつがあるところさ。本には文字が書いてあるんだ』

その言葉にシルヴァンが得意げに頷《うなず》く。

『絵が描《か》いてある、絵本っていうのもあるんだぜ。小さい頃はルナによく読んでもらったな』

『そうだったわね、シルヴァン』

懐《なつ》かしい。幼い頃、小さなシルヴァンを膝《ひざ》の上に乗せてよく読んで聞かせたっけ。

もっと読んでってねだるシルヴァンが、とっても可愛かったわ。

リンたちは顔を見合わせて、目を輝かせながら声を上げる。

『ルナぁ、リンも絵本見たい！』

『スーも！』

『ルーも行くもん！』

張り切って部屋の入り口に走っていくリンたちを見て、私とミーナはお互いの顔を見て笑った。

すっかり絵本が気になっている様子のリンたち。王宮の書庫にもあるのかな？

私たちはミーナに案内されて王宮の書庫に向かった。

ルークさんが言っていたように貴重な資料もあるからだろう、入り口は兵士が守っていたけど、アレクのサインが入った特別な許可証を見せると通してくれた。

「うわぁ、凄い本の量ね」

「ええ、都で一番の図書館でもありますから」

確かに大書庫っていうよりも大図書館っていう感じ。入るには許可が必要だからか、今は私たち以外誰もいない。

「こんなに大きな書庫だと、本を探すのも大変そうね」

「それなら大丈夫ですわ、ルナ様」

ミーナはそう言うと、辺りをキョロキョロと見回す。そして不思議そうに首を傾げた。

「おかしいですね。いつもは本を管理している司書がいるんですけど……奥の倉庫で資料を整理しているのかもしれませんわ。ルナ様、私捜《さが》してきます」

「ええ、お願いミーナ。私も自分で本を探してみるわ」

大書庫の奥へと姿を消すミーナを見送って、私は自分でも本を探し始める。

ほんとに大きな書庫で、見上げるほど大きな本棚には沢山の本が並んでいる。その一つ一つに番号が振ってあるのだけど、それだけではどこに何があるのか分からない。

やっぱり、大人しくミーナが司書を連れてきてくれるのを待った方がいいのかも。

スーとルーは興味津々《きょうみしんしん》といった様子で本棚を見上げている。

『うわぁ、大きいよ』

『ねえジン、これが本なの？』

『ああ、そうさルー』

その時、リンが私の肩の上で言った。

『ねえ、ルナぁ。あそこに誰かいるよ？』

『あら、本当ね』

リンが指差した方に目線を向けると、本棚の奥に人影が見える。

きっと、ミーナが言っていた司書だろう。私は急いで歩み寄り、声をかけた。

「あの、この書庫の司書の方ですか？」

「司書？」

彼はこちらを振り返った。その姿に、私は思わず目を見張った。

抜けるように色が白く、月光を思わせる美しい銀色の髪。司書というよりは、貴公子といった雰囲気だ。

彼は私と周りにいる動物たちを静かに眺《なが》めている。

「あ、あの、怪しい者じゃありません。アレクファート殿下に許可は頂いています」

私はアレクがくれた許可証を渡すと、彼はそれに目を通して言った。

「そうですか、貴方が噂の聖女ですね。何故こんなところに？」

「私、動物たちに関する本を探していて……あの、ここの司書さんですよね？」

偉い人なら侍女ぐらい傍にいるはずだものね。貴公子みたいな雰囲気に一瞬戸惑ったけど、やっぱりここの司書だろう。

彼は少し考え込むと、微笑みながら答えた。

「そうですか。私でよければお手伝いしましょう」

「ああ！　よかった。こんなに一杯本があるんですもの、どこから探していいのか分からなくて」

私はホッとして笑みを浮かべる。

彼は、私と一緒に目的の本を探してくれた。今まで私が見たことのない文献ばかりで、とても嬉しい。

「助かりました、本当にありがとうございます！」

「いいえ、お役に立てて光栄です」

ふふ、いい司書さんでよかった。本を両手で抱え笑みを浮かべていると、リンが小さな手で私の頬を触り、肩の上でおねだりをする。

『ねえルナぁ、絵本もあった？』

スーやルーもつぶらな瞳で私を見上げ、丸まった角を期待に揺らす。

ほんとにこの子たちったら、どうしてこんなに可愛いの……！

絵本を読んであげたらきっと喜ぶだろう。その姿を想像して思わず笑みが深まる。

『ごめん、そうだったわよね！』

みんな、それが楽しみでついてきたんだもの。でも、王宮の書庫に絵本なんてあるのかな。

「あの、絵本って置いてありますか?」

遠慮がちに司書さんに尋ねると、彼は頷《うなず》いて案内してくれる。

そこには色々な絵本が並んでいた。

「絵本は、書かれた当時の時代背景を知るヒントになることもありますから」

「へえ、それでこんなに沢山!」

博識で優しい司書さんだ。大書庫に来てよかった。

いくつかの絵本を手に取り、その中から、リンたちが喜びそうなものを選ぶ。

そして、司書さんに案内されて、窓際に用意された椅子に腰をかけた。

絵本の表紙をめくった、その時、書庫の奥からミーナと一人の男性がこちらにやってきた。

「ルナ様、お待たせしました! 司書を連れて参りましたわ」

「すみません、倉庫の整理をしていたものですから」

二人の言葉に私は首を傾げた。

「え? だって司書さんはもう」

銀色の髪の司書さんを振り返る。ミーナたちは、彼を見て目を見開いた。

そして慌てたように、勢いよく大きく一礼をする。

「ユリウス殿下!!」

「え？　ミーナ？」

嘘!?　今、殿下って言ったわよね。

私はサッと顔が青ざめるのを感じた。

「ユリウス殿下ってもしかして……」

「ええ、ルナ様、このお方は第一王子でいらっしゃるユリウス様です！」

「それじゃあ、アレクのお兄様ってこと？」

国王陛下や王妃様にはお会いしたけど、第一王子にお会いするのは初めてだ。

でも、どうしてこんなところにいるの？

どうしよう……私、何も知らないで、第一王子に図々しく書庫を案内させてしまった。

失礼極まりないし、アレクが聞いたら呆れかえるだろう。そう思ったら少し落ち込む。

私は思わずユリウス殿下を恨《うら》めしげに見つめてしまう。

「失礼な真似をしてしまって、本当に申し訳ありません。……でも、どうして黙っていらしたんですか？」

「ふふ、貴方がどういう方か少し見てみたくて。噂どおりの方で安心しました」

優しい笑みを浮かべながらユリウス殿下は言った。

どんな噂だろう……アレクから聞いたなら、ドジとかかしら？　残念ながら、今の私には否定できない。

ガクッと肩を落としていると、突然ユリウス殿下が咳き込む。

「だ、大丈夫ですか？」

「大丈夫です、生まれつき体が弱くて。少し体調がよかったので、侍女の目を盗んでその扉から書庫にやってきたのですが……おかげで思わぬ方に出会えました」

書庫の中には、入り口とは別に立派な扉が一つある。

不思議に思っていると、ミーナが教えてくれた。

「大書庫はユリウス殿下のお部屋と繋《つな》がっているんです。ここは王宮の中でも一番安全な場所の一つですから」

「殿下のお部屋に……」

「ええ、読書が好きな私のために、父上がそうしてくださったのです」

確かに大事な書物がこれだけある大書庫だもの、安全な場所にあるのは分かる。

すると、ミーナが興奮した様子で話し始める。

「ユリウス殿下は凄いんです。色々な文献をお読みになられて、学者も敵わないような知識を沢山お持ちなんですよ。その知識で、両陛下やアレク殿下を助けられているんです。ユリウス様が王太子になられていれば、バロフェルドだってあんな大きな顔は……」

そう言って、ミーナはしまったという顔で黙り込む。

「そんな顔をしなくてもいいんですよ、ミーナ。私が体が弱いのは生まれつきで、仕方ないこと。私の知識が少しでも民の役に立てばそれでいいのです」

「ユリウス殿下……」

立派な方だわ。物静かでアレクとは対照的だけど、その整った顔立ちはやっぱりどこか似ている。

彼の顔をしげしげと眺《なが》める私の横で、ミーナが言った。

「フィオルの治療をした獣の治療師たちも、ユリウス殿下に知識をお借りしたと聞きました」

「ええ、彼らもユニコーンの治療は初めてだったようで、この書庫にある古い文献を一つ貸し与えたんです。ここにある本で、私が知らない物はありませんから」

本物の司書さんも、恥ずかしそうに頭を掻《か》きながら言う。

「私も本のタイトルや概要は覚えているのですが、細部まではとても。ユリウス殿下には到底敵いません」

「ふふ、仕方ありませんよ。私は幼い頃からずっとここで本を読んでいましたから」

彼らの会話を聞いた私は、驚いてユリウス殿下にお礼を言った。

「フィオルの！　そうだったんですね、ありがとうございます！」

「いいんですよ。あの子がよくなったと聞いて私も喜んでいたんです。それと、バロフェルドを捕らえたと聞きました。その捜査に何か役に立つ資料をまとめようと、ここに来たのですが……」

「あ、あの、お座りになってください」

私は立ち上がって彼に椅子を勧めた。

「ありがとう。アレクから聞いていたとおり、とても美しく優しい人ですね」

「え!?」

ユリウス殿下にそう言われて、私は顔が真っ赤になる。アレクが本当にそんなことを言ったの？

思わず、殿下の聞き間違いじゃないかと疑ってしまう。

ミーナは心配そうにユリウス殿下に申し出る。

「どうかご無理をなさらないでください殿下。バロフェルドは捕らえられて、もう事件は解決したも同然なんですから」

「そうですね……そうならいいんですが」

殿下の言葉に引っかかりを感じ、私は首を傾げた。

「何か心配なことでもおありですか？」

「ええ、バロフェルドは多くの国の貴族や王族と関係がある。特に商業と貿易が盛んなジェーレントとは深い繋《つな》がりが。今回の一件で彼らが妙な動きをしないか少し心配なのです。この国にはジェーレントの大使であるバルンゲル伯爵も駐在していますから」

「ジェーレントの大使が……」

確かに、船の積み荷にはジェーレント行きの密輸品が沢山積まれていた。

その大使も、もしかしてバロフェルドと関係があるのかしら？

「これを機にアレクが王太子になってくれれば、父上も安心なさるのでしょうが……アレクは私に遠慮していつまでもなろうとしない。困った弟です」

言葉とは裏腹にユリウス殿下の瞳は優しい。

でも、王太子になるのを拒否するなんて、なんだかアレクらしい。

バロフェルドみたいに、王になるためにどんなことでもする人もいる。だけどアレクはそうしない。私は何故だかそれが嬉しかった。

そんな私を見てユリウス殿下が言う。

「ふふ、その顔。アレクのことが好きなんですね？」

彼の予想外の言葉に、私は慌てて首を横に振った。

「え⁉　ち、違います、そんな！」

「隠しても分かります。私はこんな体ですが、いや、そのためか、人の心の機微に敏感ですから」

ユリウス殿下から真っすぐに向けられる眼差しから逃れるように、私は思わず俯《うつむ》いた。

……自分の気持ちがよく分からない。それにアレクがどう思っているのかも。

私がこの国を旅立つと言った時、彼は止めなかった。

ユリウス殿下は私に言う。

「アレクはこの国の王太子に、いずれ王になるべき男です。しかし、もしかすると今回の一件がもとで、彼の足を引っ張る者が出てくるかもしれない。私ができないことを貴方に頼むのは筋違いだとは分かっています。ですが、貴方さえよければ、弟の傍にいて彼を支えてやってくれませんか？」

「――私が、アレクを？」

思いがけないユリウス殿下の申し出に、私は暫《しばら》くその場に立ち尽くしたのだった。

◇　◇　◇

ルナが大書庫でユリウスに出会ってから、数時間後。すっかり日が落ちた港町ロファルザークを一組の男女が歩いていた。

地味な旅姿ではあるが人目を惹《ひ》く派手な美女と、その従者らしき男である。

「イザベル様、よろしかったのですか？　ジェラルド様を宿に残したままで」

「構わないわよ、シュルト。本当は放り出したいところだけど、騒《さわ》がれると面倒だわ。それよりも大使には会えそうなの？」

「はい、お嬢様。御父君とバルンゲル伯爵は昵懇《じっこん》の間柄、ぜひお嬢様のお役に立ちたいと仰っています」

「商人の国ジェーレントなら大抵のものは手に入ると聞くわ。海を渡れば、忌々《いまいま》しい神獣の呪いを解く魔法道具だってきっとあるはず。ルナに頭を下げるなんて死んでも御免だもの！」

旅姿の女はあのイザベル、そして男はその従者のシュルトである。

ルナの捜索を命じられたイザベルとジェラルドだったが、彼女は大人しくルナに謝罪し国に帰るよう頼むことを早々に放棄していた。それよりさっさとセイランにかけられたまじないを解こうとしていたのだ。

ロファルザークは港町ということもあって、日が暮れても人通りは多い。月明かりと街灯が煌々《こうこう》と辺りを照らしていた。

そんな中、大通りにある酒場の前には人だかりができている。

そこでは赤ら顔の船員が多くの客を前に、酒を片手に楽しげに話をしていた。

「それでな、そのお嬢ちゃんがまた勇ましいんだ！　でっかい一角獣と銀狼を従えて、アレクファート殿下と一緒に密猟者どもを取っ捕まえちまったんだから驚きよ！」

「ほえ～、そりゃ凄いや！」

「それが、一角獣を鎮《しず》めたと噂の聖女様ってわけか」

赤ら顔の男は、周りに集まった者たちの興味津々《きょうみしんしん》といった顔を見て、上機嫌に続けた。

「おお、そうよ！　なんでもな、その密猟者どもは、あの宰相バロフェルドの手下だったみたいでよ。今起きてる都の大騒《おおさわ》ぎは殿下とあの聖女様の活躍のおかげってわけだ」

「ああ、あのバロフェルドが捕まったらしいからな！」

「ざまぁないぜ！　今まで好き放題やってた罰だ」

イザベルはその話を聞いて目を見開く。

「バロフェルドって、エディファンの宰相じゃないの。それに聞いた？　今あの男、銀狼を連れた女と……」

「は、はい！　まさかとは思いますが。お嬢様、少々お待ちください！」

シュルトは酒場の前で話をしている赤ら顔の船員に金を差し出す。

「おい、さっき言ってた女のことを聞きたい。名前は分かるか？」

「な、なんだいきなり？　そうさな、ルナって言ってたな。可愛いお嬢ちゃんでよ、アレクファート殿下といい仲に見えたぜ。へへ、女嫌いと噂の殿下も隅《すみ》に置けねえや。まあ噂の聖女様が相手なら、みんな大歓迎だろうがな。何しろエディファンの都を救ったっていうんだからよ」

シュルトはそれだけ聞くと、すぐにイザベルのもとに戻る。

「お嬢様！　やはり……」

「聞こえてたわ。ルナの奴がどうしてこんなところに？　それもアレクファート殿下ですって？」

イザベルは、赤い薔薇《ばら》のような唇を噛み締める。

「どういうこと？　ルナの奴、私をこんな目に遭わせておいて、よくも男なんかと！　それに聖女だなんて!!」

「お嬢様、ジェラルド様には報告しますか？」

イザベラは苛《いら》ついた様子で吐き捨てる。

「ジェラルドなんてどうでもいいわ！」

そして、イザベルは暫《しばら》く考え込むと意地の悪い笑みを浮かべる。

「ふふ、だけどあんな奴でもファリーンの元王太子。役に立つかもしれないわね。とにかくまずはジェーレントの大使に会いに行くわよ。ルナの一件も、もっと詳しく話が聞けるかもしれないもの」

イザベルたちは足早に街の奥にあるジェーレント大使の公邸を訪ねた。

彼女たちを迎え入れた大使であるバルンゲル伯爵は、貴族というよりは一見豪商にも見える身なりをしている。

暫《しばら》くイザベルと話し込んだ後、彼はでっぷりとした体を揺らして、驚いたように目を見開く。

「驚きましたな……それでは今、噂になっている聖女というのは」

「ええ。あんな女、聖女でもなんでもないですわ。婚約破棄をされ、ファリーンを追放された哀《あわ》れな女。どうやってエディファンの王子に取り入ったのかは分からないけど、婚約破棄をされたばかりですぐに他の男にすり寄る、とんでもない女です」

バルンゲルはそれを聞いて邪悪な笑みを浮かべる。

「アレクファート殿下はそれを知らぬわけですか？」

「当然ですわね。あの女は性悪だもの、きっと秘密にして、今度はこの国の王子をたぶらかすつもりなのよ。トルーディル伯爵家の令嬢であるこの私をあんな目に遭わせて……絶対に許さないわ！」

「随分とお怒りのようですな、イザベル嬢。どうやら我らの利害は一致するようだ」

バルンゲルはでっぷりと太った体を揺すりながら、手にしたワインを一気に飲み干す。

そして続けた。

「今まで裏で取引をしていたバロフェルド卿が捕まり、このままではアレクファートとその女は英雄ですからな。そうなるとこの国での商売がやりにくくなる。ですがその女が……」

「ええ、婚約を破棄されて国を追放された女だって知れ渡れば、ルナも終わりよ。婚約破棄をされた後すぐ他の男にすり寄るような女だと知れば、アレクファート殿下だってきっとルナに愛想を尽かすに決まっているわ」

（……ふふ、傷心の殿下を私が慰《なぐさ》めて差し上げるのもいいわね。ジェラルドなんかよりもずっといい男だって聞いたもの。私の美貌にかかれば、男なんて容易いものだわ。誘

惑してルナから殿下を奪《うば》ってあげる）

イザベルは高慢な笑みを浮かべる。

「ジェーレントに行く前に、ルナに思い知らせてあげるわ！」

そう言って高笑いするイザベルにバルンゲルは頷《うなず》いた。

「それならば絶好の機会がございますぞ」

「絶好の機会？」

イザベルの問いに、バルンゲルはニヤリと口の両端を上げて答える。

「イザベル嬢、実は明日、あの聖女とやらの歓迎の宴《うたげ》をエディファルリアの王宮で開くそうです。多くの招待客、そして国王や王妃もいる面前でその事実を公《おおやけ》にすれば、その女はとんだ赤っ恥をかくことになるはず。二人が英雄に祭り上げられる前に、まずは聖女の方から片を付けると致しましょう。そうなればアレクファートとて無傷では済まぬでしょうからな」

◇◇◇

一夜明けて、私たちは昼から、エディファルリアの都を散策していた。

バロフェルドの取り調べがどうなったかは気になるけれど、アレクやルークさんならきっと大丈夫よね。

それに、ユリウス殿下からの申し出には即答なんてできそうもないし。

「ふぅ、くよくよ考えても仕方ないわよね」

私は一度大きく背伸びをした。せっかくの都観光だもの、楽しまないと。

そんなことを考えていると、リンが私の肩から下りて前に向かって走っていく。

『うわぁ！　凄いよルナ！　凄い凄い！』

『リンったら！　ちょっと待って』

リンに気を取られていると、私の足元でスーとルーも興奮した様子で左右に飛び跳《は》ねていく。

『ねえ凄いよ！　スー』

『ほんとだぁ、綺麗な窓があるよルー』

『もう！　みんなったら』

都にある大きな建物や、綺麗な教会のステンドグラスに目を輝かせるリンやスーたち。

それを眺《なが》めながら侍女のミーナがクスクスと笑う。

「みんな、都の様子に興味津々《きょうみしんしん》なんですね」

「ええ、ほんと私の言うことなんか聞かないんだから」

なんだか遠足で子供を引率する先生になった気分だ。そう言って私がため息を吐いてみせると、ミーナはさらに楽しげに笑った。

もちろん今日はシルヴァンやメル、そしてジンも一緒。ちなみに私は今、白いローブを頭からすっぽり被っている。

ここは獣人の都だから、やっぱり人間は目立つ。ローブ姿なら、尻尾や耳で区別がつかないから目立たない。

フィオルの一件で私の顔を知っている人もいるから、騒《さわ》ぎにならないようにというミーナのアイデアだ。

それから騎士の格好はしていないけど、アレクが付けてくれた護衛の騎士たちも周りにいる。

私服警官ならぬ、私服騎士といったところかな。

「ふふ、なんだか騎士さんたちには悪いわよね」

「大丈夫ですよ、彼らはルナ様の護衛ができてとっても喜んでましたから」

「え、どうして？」

私は目を瞬《しばた》かせてミーナに尋ねる。するとミーナは辺りの騎士たちを見回した後、クスクスと笑いながら言った。

「ルナ様はご存知ないかもしれないですけど、騎士団の中にはルナ様のファンクラブがあるんですよ。アレクファート殿下と聖女であるルナ様が、一角獣たちの前に立って彼らを鎮《しず》めた姿を、赤獅子《あかしし》騎士団の多くの騎士が見ていますから。その日のうちに、聖女ルナ様をお守りするんだって盛り上がって結成されたみたいで」

「ふぁ、ファンクラブってミーナ……」

「いいじゃありませんか。ルナ様がお部屋から出てくる前も『可憐《かれん》で気高き聖女ルナ様を守るのだ！』なんて号令をかけてましたから」

嘘でしょ？　可憐《かれん》で気高きって……

現実とのギャップを知られたら黒歴史になりそう。外見こそブロンドの十六歳だけど、中身は完全にアラサー女子だから。

私は思わずため息を吐く。すると、一人の騎士がさりげなく近づいてきて私に囁《ささや》いた。

「どうされたのです、聖女様。そのような不安げなため息を吐かれて？　ご安心ください、我らはこの命に代えても聖女様をお守りします。ささ、もっと笑顔でお楽しみください」

「え、ええ。うふふ、ありがとう……ございます」

「ああ、聖女様のその笑顔！　とても尊いです」

尊いって……そんなにありがたがられたら、笑顔が引きつるよ。

まさか、ため息が貴方たちのせいだとはとても言えない。私服の騎士さんは私にとびきりの笑顔を見せた後、またさりげなく離れていく。

ミーナは堪《こら》え切れない様子で噴き出した。

「もう！　ミーナったら他人事だと思って」

「ふふ、ごめんなさい。でもおかしくって」

都だけあって、大通りは人の往来も活発で色々な店が立ち並んでいる。

国力でいえばエディファンも、私の祖国のファリーンに引けを取らない。

ふと見ると、ふわふわの綿菓子みたいなお菓子を売っている出店があって、子供たちが並んでいた。

『ルーあれ見て！』

『うわぁ、スーふわふわだよ！』

ルーとスーが嬉しそうに駆け寄ると、自分たちも綿菓子のように真ん丸になって真似をしている。

その姿に子供たちが歓声を上げた。

「可愛い！」

「ふふ、見て見て！　この子たち、雲菓子の真似してる」

「可愛いよぉ」

どうやらあのお菓子は雲菓子っていうみたいだ。

スーの背中の上で、ふわふわのお菓子を見上げているリンも、子供たちの人気を集めている。

雲菓子の職人が器用にスーやルー、そしてリンに似せた形でお菓子を作ると、子供たちが我先に買っていく。商売上手ね。

「ミーナ、あの大きな建物は？」

雲菓子の出店を後にして、私は通りの先に見えてきた大きな建物を指差した。

ミーナは私に教えてくれる。

「あれはこの街のギルドの建物ですね。商工ギルド、農耕ギルド、そして冒険者ギルドなどがまとまって入っています」

「へえ！　ギルドの建物なのね」

ファリーンにもあったけれど、その時はまだ公爵家の令嬢だったから、入る機会は無かった。

「商工業や農業、それに冒険者の仕事は密接に関係していますから、一つの建物に入っている方が便利なんです」

「へえ、意外だわ。商業や工業、それに農業は分かるけど、冒険者はどんな関係があるの？」

そもそも、冒険者なんていう職業は元の世界では馴染みがなかったから、どんなことをしているのかピンとこない。よくゲームに出てくる冒険者みたいに、モンスターと戦ったりするるのかな？

小首を傾げる私にミーナは詳しく教えてくれた。

「冒険者のお仕事は、基本はやっぱり色々な素材集めですね。ルナ様のお仕事に関係が深いとしたら、例えば薬草とか、薬に使える珍しい木の実とか。そうして冒険者の方々が集めてきても、販売するルートが無いと困りますから」

「そっか、確かにそんな時、商工ギルドと一緒の建物に冒険者ギルドがあれば便利よね」

「ええ、そうです。その場で商人たちのギルドに卸して会計もできますから」

へえ、なんだか興味が出てきたわ。素材集めとか懐《なつ》かしい。茜とゲームの中で夢中になってやったなあ。

ゲームじゃなくて、現実の世界で素材を集めて、色々作るのも楽しそうよね。

それに、どんな薬草や木の実があるのかも見てみたい。

昨日書庫で選んでもらった文献に、エディファンでしか採《と》れない薬草に関する本があったわね。

「ねえ、ミーナ。少しギルドの中を覗いていってもいいかしら？」

「もちろんです、ルナ様！　それでは早速ギルドハウスに行ってみましょう」

私たちはギルドハウスの前にやってきた。

「うわぁ、近くで見ると本当に大きいわね！」

思わず声を上げて、私はギルドハウスを見上げた。ギルドハウスはレンガ造りの大きな建物で、正面入り口の前に大きな看板がかかっている。

ミーナは私に教えてくれる。

「ギルドハウスの裏には大きな卸売市場があるんですよ」

「卸売市場？」

私が問い返すと、ミーナはにっこりと笑った。

「ええ、商工業で作られた製品や、農産物や魚、そして冒険者たちが集めてきた素材は、一度ギルドハウスに集められるんですよ。それが裏手の大きな卸売市場で、都の各商店に販売されるんです」

「へぇ、ギルドが運営している卸売市場なのね」

まさに物流の拠点ということだ。

確かにそういう市場があると、商売をする人たちは便利だろう。ここに仕入れに来れば、なんでもあるのだから。

ミーナは大きく頷《うなず》く。

「そうなんです。ですから朝一番は、商売人たちでごったがえしているんですよ」

「ふふ、残念。ちょっと見てみたかったわ」

私はミーナと話しながら正面入り口の扉に手をかけた。

「うわぁ！」

扉を開けると、そこは立派なギルドホールが広がっていた。右手には商工ギルドや農耕用のギルドの受付スペースが広く取られている。

そして、商談用のテーブルなども沢山並べられていた。さらに左手には、冒険者用の受付と仕事の依頼が一杯張られた掲示板が見える。

ファンタジー映画やゲームに出てくるような光景に、思わずワクワクする。

まるで自分がゲームの世界に迷い込んだようだわ。私がよくやっていたMMOゲーム『E・G・K』も、立派なギルドホールがあったのよね。

リンたちも私の傍で興味深げに周りを見回している。

「あれが冒険者たちね」

「ええ、ルナ様！」

視線の先には、腰に短剣やナイフを装備した冒険者が沢山いた。その姿は『E・G・K』でいえば探索に長《た》けたレンジャーやハンターに近い。

「ゴブリンをはじめとする、人に害をなす魔物を相手にする冒険者もいるんですけど、そういう方たちは元騎士や傭兵だったりすることが多いですね」

「へえ、そうなのね」

確かに、そういう雰囲気の屈強な人たちもいる。

先程のレンジャー風の冒険者たちの中には、女性も結構いて格好いい。

「ふふ、素材集めかぁ。私もやってみようかしら？」

私は少し離れた場所にいる女性冒険者を見つめながら、そう呟いた。

ゲーム好きだったから、つい憧れちゃうなあ。ギルドは各地にあるし、冒険者なら旅をしながらでもできそう。

「ルナ様が!?」

「冒険者ルナ！　なんて、ちょっと素敵だと思わない？　ミーナ」

「ふふ、ルナ様ったら」

クスクスと笑うミーナ。すると私の後ろから声がする。

「聖女様があんな無邪気に……」

「か、可憐《かれん》だ！」

「なんと尊い……」

……忘れてた。ミーナだけじゃなくて、他に見ている人たちがいるんだった。

私は真っ赤になって、ちらりと彼らを見遣《みや》る。

「もう！　アレクったら護衛を付けてくれたのはいいけど、あの人たち大丈夫なのかしら？」

「ふふ、大丈夫ですよ。あそこにいるリカルドさんは、普段は赤獅子《あかしし》騎士団の一番隊を任されている隊長です。騎士団でもアレク殿下とルーク様以外で、リカルドさんと互角に戦える人はいませんから。侍女たちの間でもとっても人気がある方なんですよ」

ほんとかしら？　確かに精悍《せいかん》で素敵な騎士さんだけど……尊いとか言ってたし。

私が疑わしげな目線を彼らに向けようとした、その時——

「なんだと！　ふざけるなこのガキども!!」

男の怒鳴り声がギルドホールの中に響く。振り返ると幼い獣人の兄妹らしき子供たちの前で、商人風の男が大声を上げている。

女の子はまだ三歳か四歳ぐらいで、男の子の方もせいぜい五、六歳といったところだ。

商人風の男は獣人ではなくて人間だった。恐らく他国から来ている商人だろう。いかにも贅沢《ぜいたく》な服を着て、見下すような目つきで子供たちを見下ろしている。

「うぇ……うぇぇえん」

男の剣幕に泣き始める女の子。お兄ちゃんらしき男の子は両腕を広げて妹を庇《かば》って立ち、男を睨《にら》みつけている。

すると商人風の男は、男の子に向かって拳《こぶし》を振り上げた。

「このガキ！　なんだその目は!!」

まさか、殴るつもり？　相手はあんなに小さな子供なのに！

「やめなさい!!」

私は思わず駆け出した。何があったのか知らないけど、小さい子に手を上げようとするなんて酷すぎる。

『ルナ！』

シルヴァンは、私と一緒にギルドホールを駆け抜け、子供たちを守るように立つ。

私は、怯《おび》えて泣きじゃくる女の子を抱き締めた。余程怖かったのだろう、尻尾は丸くなり大きな獣耳はぺったりと垂れてしまっている。

振り返ると商人風の男の腕を一人の男性が掴《つか》んでいた。赤獅子《あかしし》騎士団の一番隊隊長のリカルドさんだ。

いつの間にそこに現れたのかと驚いてしまう。だって、さっきまで彼は私たちの後ろにいたはずなのに。

「な、なんだ貴様は!?」

「お前みたいな男に名乗る名など無い。幼子に手を上げ、心優しき女神の笑顔を曇《くも》らせるクズを、俺は許さん！」

「何！　く、クズだと……貴様！」

心優しき女神のくだりはどうかと思うけど、アレクが選んでくれた人だけあって、やっぱりいざという時は頼りになる。

私は幼い二人に尋ねる。

「どうしたの、一体何があったの？」

女の子はボロボロ泣きながら言った。

「うぇぇん……あの人が連れていったの、ピィヨを……」

「そうだ！　ピィヨを返せ！」

見ると、男の後ろにはケージがあり、そこには黄色いインコがいた。

「白星インコね……」

額の白い星のような模様が特徴的なとても珍しい鳥で、ペットとして貴族たちに珍重されている。

子供たちが泣くのを見て、インコは叫んだ。

『ミウ！　ユウ！　くそぉ！　こいつめ、ミウとユウをいじめるな!!』

どうやらこのインコは二人のことをよく知っているみたい。きっとこの子がピィヨね。

「ぐす……ピィヨを返して、ピィヨはミウの友達だもん」

「ミウ……」

ボロボロと泣く妹の手を握《にぎ》る、ユウと呼ばれたお兄ちゃん。

彼らに手を上げようとしていた商人はそれを見て嘲笑《あざわら》う。そして、リカルドさんの手を振りほどくと叫んだ。

「馬鹿げたことを、これがお前たちの鳥だという証拠はあるのか？　くだらん言いがかりをつけやがって」

「ピィヨだもん！」

「ピィヨを見間違えるもんか！　知ってるんだぞ、孤児院から盗んだくせに！」

どうやらこの子たちは孤児院で暮らす孤児みたいだ。

でも、どうしてこんな小さな子供たちだけでギルドなんかに？　何か事情があるのかしら。

「ミウと一緒に、必死に捜《さが》したんだ！　そしたら、ギルドに白星インコを飾ってる商人がいるって。もしかしたらって思ってきたんだ！」

「ピィヨを返して！」

子供たちの言葉に、男は嘲《あざけ》るように答えた。

「この俺を盗人扱いしやがって。これは俺が前から飼っているものだ、ピィピィうるさいので売り払おうと思ってな。お前らの孤児院など知らんな。なんなら出るところに出るか？　薄汚い孤児どもめ」

「酷い！　なんてことを言うの？　嘘を言っているのは貴方よ、そのインコはこの子たちを知っているわ！」

わざわざこんなところに飾っているのは、商品として誰かに売りつけるつもりだったからのようだ。

男は私を見て大笑いする。

「くはは！　お前は馬鹿か？　鳥の言葉でも分かると言うのか？」

リカルドさんと他の私服騎士の人たちから物凄い殺気が立ち上っている。

「馬鹿……だと？」

「ぶっころす!!」

「よくも俺たちの女神を!!」

私は慌てて彼らに言った。

「落ち着いて！　そんなことをしなくても、証明する方法はあるわ」

男は私の言葉を聞いて、さらに愉快そうに笑った。

「証明するだと？　もし、できなければ、貴様らには地面に頭を擦《こす》りつけて詫《わ》びてもらうぞ。この俺を盗人扱いしたのは、俺の祖国であるジェーレントを侮辱《ぶじょく》したも同じだからな。言っておくが俺は大使であるバルンゲル伯爵も知っている。貴様、冗談だったでは済まんぞ！」

ジェーレントの商人……だから獣人じゃないのね。許せない、こんな卑劣《ひれつ》な真似をするなんて。

私はピィヨに話しかける。

『私はルナ。ねえピィヨ、聞いて』

『る、ルナ？　あんた、俺と喋《しゃべ》れるのか？』

『ええ。ピィヨ、貴方にお願いがあるの』

私はピィヨにあることをお願いする。ピィヨは動揺したように翼を羽ばたかせる。

『で、でも俺、そんなことしたことないぜ？』

『白星インコならできるはずよ。難しい言葉は無理だと思うけど、二人の名前はいつも聞いているでしょ？』

『ああ、いつも二人は俺を友達だって……』

ピィヨは顔を俯《うつむ》かせ、そう小さく言った。

そんな私たちの様子を見て、男はいやらしく口の端をつり上げる。

「どうした？　くだらん戯言《ざれごと》を言いやがって。早く俺の前にひざまずいて詫《わ》びろ」

「ごめんだわ、貴方みたいな人に謝る理由が無い！」

私が男に向かって叫んだ瞬間――ピィヨが必死になって声を上げ始めた。名前のとおりピィピィという鳴き声が辺りに響く。

ミウが不思議そうな顔でピィヨを見つめる。

「どうしたの？　ピィヨ」

暫《しば》くすると、次第にピィヨの鳴き声が人が分かる言葉に変わっていく。

「ピピ……ミウ！　ユウ！　とも……だち！」

翼を羽ばたかせ、必死になって叫ぶピィヨ。

ユウは驚いた顔をしてピィヨを指差す。

「ピィヨが！」

ミウはポロポロと泣きながら叫んだ。

「ユウお兄ちゃん！　ピィヨが私たちを友達だって!!」

「ああ！　ミウ!!」

力強く頷《うなず》くユウの横で、ミウは涙を拭《ぬぐ》う。

「ピィヨ！　ミウも友達！　ピィヨのこと大好きだよ!!」

小さな手をギュッと握《にぎ》り締めて、ミウはケージの中のピィヨに語りかける。

大人に手を振り上げられて怖かっただろうに、ピィヨを取り戻すため勇気を振り絞った小さな二人――

健気《けなげ》なその姿に私は思わず二人を抱き締めると、ジェーレントの商人を睨《にら》む。

「これでもとぼける気？　貴方の飼っている白星インコなら、どうしてミウやユウの名前を知っているの？」

「ぐっ！　そ、それは……」

ギルドの中の人々も冷たい視線を男に向ける。思わず後ずさりする男の腕を、リカルドさんが後ろ手に締め上げた。

「どこへ行く？　いい加減観念しろ！」

「ぐあっ‼」

うめき声を上げる男にリカルドさんは言った。

「一緒に来てもらうぞ。どうやらお前には色々と話を聞くことがありそうだ」

それを見て、ユウとミウは急いでピィヨが捕らわれているケージに駆け寄る。

そして、ケージからピィヨを出して肩に乗せると頬ずりした。

「ピィヨ‼」

「ピィヨ！　よかった、ピィヨ‼」

幼い兄妹に優しく頬を寄せられて、ピィヨは言った。

『ユウもミウも馬鹿だよ！　こんなことして、怪我でもしたらどうするんだ！』

私はそんなピィヨの頭を指先でそっと撫でる。

『ピィヨったら泣いてるじゃない。ユウとミウにとって貴方は大事なお友達なのよ。だからこんなに小さいのに頑張って捜《さが》しに来たのね』

ピィヨは二人の頬に体をすり寄せる。

『ユウ、ミウ！　大好きだよ‼』

子供たちとピィヨの姿に、私とミーナは思わず貰い泣きしてしまった。リンやスーたちも同じく泣いている。

『ルナぁ、ピィヨたちよかったね』

『ええ、リン』

私が頷《うなず》いた、その時――

シルヴァンが鋭い眼差しになる。その視線は、ギルドハウスの向こう端を見つめている。

『どうしたのシルヴァン？』

『あいつら、変だぞ。こっちを窺《うかが》いながら、どこかに逃げようとしてるみたいだ』

シルヴァンの言葉どおり、私たちをちらちらと見つつ、速足でギルドの裏口の方に移動している二人組がいる。

ピィヨがそれを見て、私に向かって叫んだ。

『ルナ！　こいつ、仲間がいるんだ。バロなんとかっていう奴が捕まったから、早いところ倉庫の荷物を売りさばいてずらかるって！』

『なんですって？　本当なのピィヨ！』

私の問いに頷《うなず》くピィヨ。

シルヴァンが思案げな表情で言う。

『なあルナ、それってバロフェルドのことじゃないのか？　もしかしたらあいつら……』

『ええ、きっと密猟者の一味だわ！』

シルヴァンはその男たちを睨《にら》んで、低く唸《うな》る。

『ルナ、あいつらが逃げるぞ！』

『逃がさないわ！　こんな酷いことをするなんて許せない！』

私はシルヴァンの背中に乗った。それを見て、ミーナやリカルドさんたちが慌てた様子で声を上げる。

「ルナ様、どうされたのですか？」

「聖女様⁉　どこに行かれるのです？」

説明している暇は無さそう。男たちはもうとっくにギルドの裏口に姿を消している。

「ミーナ、リカルドさん、みんなをお願い！」

驚くミーナたちを尻目にシルヴァンが走り始める。

大きなギルドホールの中をシルヴァンの背に乗って駆け抜け、風のように裏口の扉を飛び出す。

そこは、がらんとした大きな市場だった。ミーナがさっき教えてくれた、朝一番で市が開かれる場所だろう。

でも、もうそこに彼らの姿はなかった。

『シルヴァン、どこに行ったか分かる？』

『ああ、任せとけルナ！　臭いで分かるさ』

そう言いながらシルヴァンはもう駆け出している。

市場の中を駆け抜け、さらに奥に入ると、いくつもの区画に分かれた倉庫が見える。

その一つに逃げ込む人影が見えた。

『あそこね……』

『どうする？　ルナ』

どうしよう？　一度リカルドさんを呼びに戻った方がいいかしら。

でも、その間に逃げられたら？　彼らを捕らえれば、アレクやルークさんの役に立てるかもしれない。

それにシルヴァンもいるもの。

『シルヴァン、行きましょう。私たちで捕まえるの！』

『分かった、ルナ！』

頷《うなず》くシルヴァンと共に私は、密猟者たちを追って倉庫の中に入っていく。

中は結構な広さがあった。窓から光は差し込んでいるけれど、積まれた荷の木箱が視界を悪くしている。

「Ｅ・Ｇ・Ｋ、レンジャーモード発動」

私がそう呟くといつものように半透明のパネルが現れ、自分のステータスが描《えが》かれていく。

この状況ならレンジャーの力が有効なはず。

名前：ルナ・ロファリエル
種族：人間
職業：獣の聖女
Ｅ・Ｇ・Ｋ：レンジャーモード（レベル７５）
力：３１５
体力：３２７
魔力：２７０
知恵：５７０
器用さ：４７２
素早さ：５２７
運：２１７

物理攻撃スキル：弓技、ナイフ技
魔法：なし
特技：【探索】【索敵】【罠解除】【生薬調合】
ユニークスキル：【E・G・K】【獣言語理解】
加護：【神獣に愛された者】
称号：【獣の治癒者】

「特技【索敵】を使用」

〈了解しました。レンジャーの特技【索敵】を使用します〉

……いたわ。索敵に反応する気配が三つ。一人、人数が増えている。

シルヴァンも大きな耳をピンと立てて私に言った。

『ルナ、気をつけろ。さっきの二人だけじゃない。相手は三人だ』

『ええ、きっと仲間に知らせに来たのね。合流したんだわ』

向こうも私たちの存在に気づいたらしく、少し先の積み荷の後ろに隠れてこちらを窺《うかが》っている。

敵の位置を確認した私は、シスターモードに切り替えて、いつでもホーリーアローが放てるように身構える。

そして、積み荷の奥に向かって声を上げた。

「出てきなさい！　隠れても駄目よ。そこにいるのは分かっているんだから！」

暫《しばら》くすると、積み荷の裏から三人の男たちが姿を現す。さっきは見かけなかった髭面《ひげづら》の男が一人加わっている。

「俺たちになんの用だ？　お嬢ちゃん」

油断なくこちらを眺《なが》める三人の男。

「とぼけても無駄よ。貴方たちが、さっき捕まえた男の仲間だってことはもう分かってるの。恐らく密猟者だってこともね。ここの積み荷を調べたら分かるはずよ」

きっとこの中に密輸品も隠されているはず。彼らを捕らえてアレクたちに知らせなくっちゃ。

「威勢のいいお姉ちゃんだが、さっきの男どもはどうした？」

リカルドさんたちのことを言っているのだろう。すると、別の男がニヤリと笑う。

「どうやら、この女と狼だけで追ってきたらしいな。馬鹿な女だぜ」

男の一人が腰から提げたナイフを抜く。

でも、シルヴァンが唸《うな》り声を上げると、その声に男は思わず後ずさった。

「ちっ、邪魔な狼だ。だが、これならどうだ？　俺たちを舐《な》めるなよ！」

『ルナ、気をつけろ!!』

シルヴァンが叫んだ瞬間、その男が、何か袋のような物をこちらに投げつけた。

それはナイフで切れ目が入れられていたのか、空中で裂《さ》けて、中身が私たちめがけてまき散らされる。

「きゃ！　何!?」

粉状の何かが私たちを包むと同時に、目や喉に強烈な痛みを感じた。

思わず目をつぶって咳き込む。

『る、ルナ!!　ゲホォ!!』

シルヴァンも苦しそうに声を上げた。

それが、密猟者が使う目つぶしだと気がついた時には、私の体は密猟者の一人に拘束されていた。

後ろから羽交《はが》い締めにされて喉にナイフを突きつけられる。

まだ霞む目に、その鈍い光が飛び込んできた。

『ルナ!!』

シルヴァンが叫ぶ。

「おっと！　お前の大事な飼い主がどうなってもいいのか？」

そう言って、唸《うな》り声を上げるシルヴァンの前で、髭面《ひげづら》の男がナイフを見せつけるように動かす。

後ろに下がるシルヴァンを見て、密猟者は笑った。

「くくく、いい子だ。よくしつけてるじゃねえか」

シルヴァンが言葉が分かっていることには気がついていない。

でも、これがシルヴァンに対して十分な脅《おど》しになるのは理解したようだ。

『シルヴァン！』

『ルナぁ！　く、くそぉ!!』

密猟者は私に言う。

「これからお前の目の前であの狼を殺してやる。そしてその後はお前だ。こうなった以上お前たちを始末してずらかるしかなさそうだからな」

「殺すには惜しい女だが、仕方ねえな」

私は背筋がゾッとした。この男たちなら本当にやるだろう。

そう思わせる雰囲気が男たちにはある。そうこうしている間にも、二人の密猟者がシルヴァンに迫る。

『シルヴァン！　逃げて‼』

『ルナを置いて逃げられるもんか！』

きっとシルヴァンは、ナイフで刺されても私を置いては逃げないだろう。

そう思ったら、私は夢中で拘束している男の手に噛みついていた。

「ぐっ！　こ、この女！　大人しくしてやがれ、てめえからやっちまうぞ‼」

髭面《ひげづら》の男が私に向かってナイフを振り上げる。

「いやっ‼」

私は叫んで目を閉じた。

『ルナぁ‼』

シルヴァンが叫んだ、その時――

「おやめなさい！」

聞き覚えのある声が倉庫内に響いた。私は声のした方に目を向ける。

倉庫の入り口が開け放たれて、一斉《いっせい》に大勢の人たちが入ってきた。

「ルークさん！」

彼らの先頭に立つ男性を見て、思わず叫ぶ。

ルークさんは、密猟者にナイフを突きつけられているのが私だと気がついて目を見開いた。

「ルナさん！　どうしてルナさんが!?」

何故ルークさんたちが？　もしかして、昨日捕らえた者たちから情報を得てここに来たとか？

だとしたら、私がしたことは……

アレクたちの役に立ちたかったのに。人質になってしまったこの状況に、私は唇を噛み締める。

ルークさん率いる赤獅子《あかしし》騎士団の姿を見て、私を羽交《はが》い締めしている密猟者が叫んだ。

「な！　赤獅子《あかしし》騎士団だと？　ちっ、下がれ！　この女がどうなってもいいのか？」

ルークさんは氷のような眼差しで密猟者を睨《にら》む。

「……愚《おろ》かな真似を。貴方たちは、一番人質に取ってはいけない方を盾にしてしまった。その罪を後悔することですね」

ルークさんがそう言った直後、騎士たちの後ろから一人の男性が現れる。

燃え上がる炎を思わせる髪に、獅子《しし》のごとく鋭い眼差しが密猟者たちを射貫いている。

その迫力に、密猟者たちは悲鳴を上げた。

「ひっ!!」

「ひぃいい!!」

「く、来るな！」

……怒ってる。こんなに怖い顔をしているアレクを見るのは初めて。

彼は静かに、でも密猟者たちを凍りつかせる声で言った。

「その薄汚い手をルナから放せ。もしルナに髪の毛一筋ほどの傷でも負わせたら、俺は貴様らを絶対に許さん！」

「アレク……」

アレクはゆっくりとこちらに歩いてくる。

密猟者たちは、その鋭い眼光に動くことすらできない。

私にナイフを突きつけている男は、掠《かす》れた声でようやく抵抗する。

「く、来るな!!」

しかし、男の声が聞こえていないように、アレクは何も言わずにゆっくりとこちらに近寄る。

腰から提げた剣は抜いていない。でも、それはもうとっくに抜き放たれているとさえ感じた。

それほどの殺気がアレクの体から迸《ほとばし》っているのだ。

その時――

「ひっ!!」

唐突に密猟者が声を上げた。そして、手にしたナイフを床に投げ捨てる。

「ひいいっ！　や、やめてくれ！　女は放す、だから殺さないでくれ!!」

私を羽交《はが》い締めにしていた髭面《ひげづら》の男は慌てて私の体を放すと、アレクの気迫に圧倒されて尻もちをつく。

残りの二人も悲鳴を上げて、武器を手放した。ルークさんが騎士たちに命じる。

「捕らえなさい！」

「はっ、ルーク様！」

騎士たちは、床にへたり込んだ密猟者たちを捕らえ縛り上げた。

その様子を見つめつつ、私はまだ恐怖でガクガクと震える体を抱き締めた。

ふと視線をすべらせると、アレクが私の前に立っている。

きっと怒られる。私はそう思って体を固くした。

アレクの忠告を聞かずに一人でこんなことをして、怒られるのは当然だ。

ぎゅっと目を閉じると、ふいに彼が私の肩に手を触れる。驚いた私は、彼の顔をそっと見つめた。

「アレク……」

「この馬鹿者」

アレクは、たった一言そう言って私の体をふんわりと包み込んだ。

その優しい口調に、涙がボロボロと零《こぼ》れてしまう。

「あ、アレク……ごめんなさい……私、私、アレクの役に立ちたくて」

まるで子供のように泣きじゃくる私を、アレクは何も言わずに抱き締めてくれた。

そして、優しく私の髪を撫でる。それがとても私を安心させた。

恥ずかしい……こんな風に子供みたいに泣いてしまうなんて。

でも、彼の腕の中は何故だか安心できて涙が止まらなかった。

暫《しばら》くして落ち着いてくると、アレクは私の頬に触れ瞳を覗き込む。

「怪我はなかったか？　ルナ」

「うん……」

そう答える私の隣で、心配して静かに体を寄せてくれるシルヴァン。

私は優しい弟の体を撫でる。私のせいで、シルヴァンまであんな目に遭わせてしまった。

そう思うと胸が苦しくなる。

すると、倉庫内にルークさんの厳しい声が響いた。

「連れていきなさい！」

見ると、騎士団の人たちに縄を打たれた密猟者たちが、倉庫の外に連れ出されていく。

連れ出される密猟者たちの姿を見て安心すると共に、私にナイフを突きつけていた男の姿を見てまた体が震えた。

先程の恐怖が蘇《よみがえ》って、また涙が零《こぼ》れてしまう。きっと、今の私は酷い顔をしてるだろう。

そんな顔をアレクに見られるのが恥ずかしくて、私は彼の逞《たくま》しい胸にそっと顔を埋《うず》めた。

髪を撫でながらアレクは私をしっかりと抱き締める。

（アレク……）

彼の鼓動を感じて、私は次第に落ち着きを取り戻していった。

その時、リカルドさんが倉庫に駆け込んできた。

「殿下、ルーク様！　これは一体⁉」

私を捜《さが》してくれていたんだろう、彼は息を切らして全身に汗をかいている。

ルークさんに事情を聞かされて、リカルドさんはさっと青ざめる。そして、私とアレクの前に膝《ひざ》をつくと頭を深々と下げた。

「殿下！　聖女様の護衛を承りながらこの失態、お詫《わ》びのしようもございません！」

くれた。


「違うの、アレク。私が悪いの、リカルドさんは悪くないわ」

私から話を聞いてアレクは頷《うなず》くと、リカルドさんたちに罰を下さないことを約束してくれた。

それから、私はギルドで起きたことをアレクたちに伝える。

「孤児院の子供たちだと？」

「ええ。アレク、どうしたの？」

孤児院という言葉に反応したアレクに私は首を傾げた。

ルークさんが真剣な顔で私に言う。

「ルナさん、リカルド、その子たちに会わせてくれませんか？　確認したいことがあるのです」

「ええ、それはいいけれど。でもどうして？」

「実は……」

私はルークさんの言葉を聞いて目を丸くした。

「まさか、そんな」

「間違いありません。私たちはその線を辿ってここに来たのですから」

ルークさんに促されて、私たちは倉庫からギルドの中へと移動する。

ユウとミウが私の姿を見ると、ミーナに連れられて嬉しそうにこちらへ駆けてきた。

「ルナ様！」

「お姉ちゃん！」

「さっきはありがとう！」

一生懸命駆けてくる二人の大きな尻尾が揺れている。その姿はとても愛くるしい。

『ルナぁ！』

『おかえりぃ！』

『ただいま、みんな！』

リンやスーたちと一緒に、ピィヨもこちらに飛んできた。

『ルナ！　どうだった？　あいつの仲間は⁉』

『ええ、騎士団のみんなが捕まえてくれたわ。もう安心よ、ピィヨ』

『本当か！　やったぁ‼』

ミウが私を見上げて指を咥《くわ》える。

「ルナお姉ちゃん、ピィヨとお話しできるの？」

「ええ、そうよ」

「いいなぁ、ミウもピィヨとお話ししたいよぉ」

小さな手をギュッと握《にぎ》り締めるミウの大きな瞳が、こちらを見つめている。

私は目を細めて、ミウの頭を撫でた。

「大丈夫よ、お話ができなくても、ピィヨにはミウたちの気持ちが伝わってるもの。それはお話ができることよりも、ずっと大事だわ」

この子たちとピィヨの心はしっかりと繋《つな》がっている。それは何よりも大切なことだもの。

私の言葉を聞いて、ミウはピィヨを見つめる。ピィヨは二人に気持ちを伝えるかのように、大きく鳴いた。

「ピピ！　ユウ！　ミウ！」

ピィヨはただ二人の名前を呼んだに過ぎない。でもそこには、ピィヨの想いがこもっている。

――二人を大好きだって。

ミウたちはピィヨの呼びかけに嬉しそうに笑う。

「ピィヨ、大好き！」

「これからもよろしくな！　ピィヨ！」

ピィヨも嬉しそうに二人の頬に頭をすり寄せた。

そして、ミウは私に抱きつく。

「ルナお姉ちゃんも大好き！　ピィヨを助けてくれてありがとう！」

出会った時はしょんぼりと垂れてしまっていた大きな耳が、ピンと立っている。

大きくもふもふとした尻尾が、左右に大きく揺れてとっても可愛らしい。

ミウを抱き留めながら、私は自然と頬が緩《ゆる》むのを感じた。

「ふふ、どういたしまして」

色々と失敗もしちゃったけど、この子たちの笑顔を見ていると救われる。

すると、騎士団の団員が一人の女性を連れてきた。修道女姿の見たことのない女性だ。

子供たちは彼女を見ると、声を上げる。

「シスター！」

「シスターアンジェラ！」

「ああ、ユウ、ミウ！　無事だったのね！」

彼女は二人に駆け寄ると、しっかりとその体を抱き締めた。

ルークさんは私に言う。

「やはり、彼女の孤児院の子供たちでしたね。それにしても、シスターを脅《おど》して孤児院をアジトにしていたとは卑劣《ひれつ》な連中です」

ルークさんの話では、この町の教会が運営している孤児院の、倉庫の地下室が密猟者のアジトになっていたそう。

アレクは眉間を寄せつつ言った。

「神父も連中の手下に成り下がっていて、シスターは子供たちを盾に脅《おど》されて逆らえなかったそうだ。バロフェルドが捕らえられたことを機に、密猟者の一人がアジトのことを吐いた」

「聖職者である神父まで奴らの手先になっていたとは、恥ずべき話です。そのアジトを我らは今朝方制圧し、シスターや子供たちを保護したんですよ」

シスターは子供たちを抱き締めながら言った。

「でも、何故かユウとミウの姿が見当たらなくて」

きっとその時にはもう、二人はピィヨを捜《さが》しに孤児院を抜け出していたのだろう。

それに孤児院がアジトになっていたのなら、密猟者たちがピィヨを盗み出すなんて簡単だ。そして仲間の商人にピィヨを渡したに違いない。

ルークさんは言う。

「制圧したアジトの連中を締め上げて吐かせたもう一つの拠点が、ギルドのあの倉庫。我々は、もしや子供たちが人質に取られ、そこに連れ込まれたのではと思ったのです」

アレクは私を見つめて、小さくため息を吐くと続けた。

「だが、実際はお転婆《てんば》な誰かが人質になっていたのだがな」

その言葉に私はシュンとして小さくなる。それはそのとおりだけど……

でも、アレクったら本当に意地悪。さっきはあんなにドキドキするぐらい優しかったのに。

私は少し口を尖《とが》らせてアレクを見る。

「そんな顔をするな、ルナ。それに丁度よかった。お前に手伝ってほしいことがある」

「私に？」

アレクは表情を明るくして頷《うなず》く。

「孤児院の地下にある連中のアジトで、思わぬ物が見つかってな。ルナ、お前の力を借りたい」

私は首を傾げながらアレクに尋ねた。

「思わぬ物って何？」

「ああ、卵だ」

「卵？」

私は思わずもう一度首を傾げてしまう。ルークさんがアレクの話に続ける。

「白鷲竜《しらわしりゅう》という魔獣の卵のようなのですが、珍しい生き物で誰もその詳しい生態を知らないのです。一体どう扱っていいのか思案しておりまして。時折中で雛《ひな》が動いているので、もしかすると直に生まれるのではないかと」

「白鷲竜《しらわしりゅう》って、イーグルドラゴンね！」

私は興奮してルークさんに身を乗り出してしまう。イーグルドラゴンというのは竜の一種で、まるで大きな鷲《わし》みたいな姿をしているドラゴンだ。

その中でも真っ白の羽を持つ白鷲竜《しらわしりゅう》は珍しい。そもそも、ドラゴン自体がとても珍しい生き物なのである。

ルークさんはホッとして言う。

「ご存知でしたか？　ルナさんなら、もしかしたらお詳しいかと思ったんです」

「私も実際に見たことはないのだけれど、本では読んだことがあるわ。といっても白鷲《しらわし》竜《りゅう》の生態について、ざっくり書いてあるぐらいだったわね」

ドラゴンに関する文献は少ない。あるとしたら、親を亡くしたドラゴンの子をたまたま育てたとかそんな記録が殆《ほとん》どだ。

大人になってから人が飼いならせるような竜は、私が知る限りいない。

「今、王宮の大書庫に人を向かわせてはいるのですが、役に立つ文献が見つかるかどうか心配していたんです」

白鷲竜《しらわしりゅう》ではないけれど、他のドラゴンを卵の頃から大事に育てた人の話は知っている。とっても愛らしい雛《ひな》と親子みたいに暮らした話は、読んでいてワクワクしたものだ。

ドラゴンが大きくなって大空に羽ばたく日、何度も何度も飼い主を振り返りながら空に去っていく姿――

そのお別れのシーンを読んで号泣してしまった。

私、そういう話に弱いのよね。そういえば茜に、アラサーになって涙腺《るいせん》が緩《ゆる》んだんじゃないって言われたことがあったっけ。

失礼な親友の顔を思い出し、懐《なつ》かしい気持ちになる。

「でも、一体どうして都に白鷲竜《しらわしりゅう》の卵が？　雛《ひな》がかえって大きくなれば隠してはおけないのに」

私は先程から疑問に思っていたことをルークさんに尋ねる。

周りに隠して飼える魔獣じゃないから、いずれ密猟したことが分かってしまうはず。

ルークさんは、子供たちに聞こえないように少し離れた場所に移動すると重い口を開いた。

「どうやらバロフェルドに献上されるものだったようです。ドラゴンの貴重な血を飲めば、その大いなる力を身に宿すことができる。そんな言い伝えもありますから」

「じゃあそのために？　馬鹿馬鹿しい、そんなこと迷信よ！」

「ええ、私もそう思います。悪趣味な話です」

一緒に隣で話を聞いていたアレクも頷《うなず》く。

「バロフェルドの考えそうなことだ。手下の貴族たちとの宴《うたげ》で竜の血を飲み干し、我こそが次の国王に相応《ふさわ》しいなどと高言するつもりだったのかもしれん。自己顕示欲の塊《かたまり》のような男だから、大方そんなところだろう」

「酷い……そんなことのために」

最初から飼うつもりなんて無かったのね。雛《ひな》が生まれたら血を採《と》るためにすぐに殺すつもりだったんだわ。

少し離れた場所に立つ私を見つけて、ミウがチョコチョコと追いかけてくる。

しかし、どういうわけか、ミウは私の顔を見るとシュンとしてしまった。

「お姉ちゃんどうしたの？」

「え？　何が？」

「……だって、ルナお姉ちゃん、怖い顔してる」

「――っ！　ごめんね、ミウ。ミウに怒ってるんじゃないのよ？」

私は慌てて可愛い獣人の少女の頭を撫でる。

ゆっくりだった尻尾の動きが、また左右に大きくなる。ミウったら分かりやすくって
ほんとに可愛い。

「ほんとに？」

「ほんとよ。お姉ちゃん、ミウのこと大好きだもの」

「えへへ、ミウもお姉ちゃん大好き！」

私たちは顔を見合わせてニッコリと笑った。すると、後ろからひそひそと声が聞こえ
てくる。

「見たか、聖女様のあの笑顔」

「ああ！」

「尊い……」

……ほんとにもう！　またあの騎士さんたちは！

私は顔に熱が集まるのを感じながら立ち上がると、傍で控えていたリカルドさんに
そっと囁《ささや》く。

「あ、あの、その尊いっていうの、やめてもらえませんか？」

「どうかそう仰らないでください。我らファンクラブ会員にとって、聖女様の笑顔ほど

尊いものはございません」

「大体、ファンクラブって何人ぐらいいるんですか？　誰が会員なのかも分からないし……」

なるべく大きくならないうちに解散に持ち込みたい。

騎士団の人たちの好意は嬉しいけど、自然体でいたいのに尊いなんて言われると、なんだか落ち着かないもの。

「ご安心を。ご覧頂ければお分かりになるように、近いうちに会員用のバッジを作ろうかと」

「そ、そんなの絶対やめてください！」

安心どころか不安しかない。私たちの会話が聞こえたのかルークさんが首を傾げて問いかける。

「なんなのですか？　そのファンクラブというのは」

「え⁉」

ルークさんたちは知らないのね。私がビクッと体を揺らすと、アレクが肩に手を置いた。

「どうした？　何か隠し事でもあるのか、ルナ」

「そ、そんなもの……な、無いわ！」

私は大きく咳ばらいをして誤魔化した。

だって、私にファンクラブがあるなんて話をしたら、アレクは大笑いするに決まっている。お前みたいなお転婆《てんば》にって絶対に言うわ。

私は急いで話題を変えることにした。

「そ、そんなことより、早くその白鷲竜《しらわししりゅう》の卵を見たいわ。アレク、ルークさん、その孤児院に案内してもらえるかしら？」

「ああ、そうだな」

「はい、お願いしますルナさん。私たちも奴らのアジトの調査の途中ですから、どのみち戻る予定でしたし」

すると、ミウがしっかりと私の手を握《にぎ》ってこちらを見上げた。

嬉しそうに尻尾が大きく揺れている。

「ルナお姉ちゃん、孤児院に行くならミウが案内してあげる！」

「ふふ、ありがとうミウ」

可愛い案内人もできたところで、私たちはみんなでミウたちの孤児院に向かうことにした。

可愛い案内人は、尻尾をふりふりと揺らして張り切って歩く。そして、時々私の手をキュッと握《にぎ》り直し、嬉しそうにこちらを見上げた。

ピィヨはそんなミウの周りを飛びまわっている。

ユウはお兄ちゃんらしく、張り切る妹を傍で見守っている。商人からミウを身を挺《てい》して守ろうとした時も思ったけど、本当にいいお兄ちゃんだ。

ギルドハウスから孤児院がある教会まではほんの数百メートルで、あっという間に私たちは教会に着いた。

「ここがユウとミウのお家なのね！」

「うん、お姉ちゃん！」

「へへ、ルナ姉ちゃんなら歓迎さ！」

目の前には大きな聖堂と、その傍に建てられた孤児院。そして、問題の地下室があるであろう倉庫が並んでいる。

聖堂の中には赤獅子《あかしし》騎士団の騎士の姿がそこかしこに見えた。ルークさんが私に教えてくれる。

「奴らのアジトを制圧する前に、念のため子供たちは別の場所に避難《ひなん》させました。今は安全ですのでご安心を」

「ありがとう、ルークさん」

ミウたちを連れて入っても大丈夫そうだ。

私はアレクに尋ねた。

「ねえ、アレク。その白鷲竜《しらわしりゅう》の卵はどこなの？」

「ああ、地下室から運び出して、今は聖堂に置かれている。他の積み荷も運び出して調べる必要があったからな」

確かに聖堂の前には沢山の荷物が積まれている。どうやら今はその中身を確かめているところらしい。

私たちはルークさんの案内で聖堂へ入ったものの、中には誰もいなかった。

「検査した後の荷を一時的に聖堂に置いています。白鷲竜《しらわしりゅう》の卵は祭壇の近くですね」

聖堂には質素だけど綺麗なステンドグラスが飾られ、そこから差し込む光がとても幻想的だった。

私たちは祭壇の近くに置かれた白い卵を見つけた。

「あれね！」

思わず私は駆け寄り、卵をまじまじと眺《なが》める。

木製のケースに干し草が敷き詰められ、その上に大きな卵が置かれていた。ダチョウの卵よりもずっと大きい。

ルークさんが言う。

「アジトから押収した資料で白鷲竜《しらわしりゅう》の卵だと分かったのですが、どう扱っていいのか分からずに取りあえずここに運んだのです」

リンたちが目を丸くしてその木箱の周りを駆けまわる。

『ルナぁ！　おっきな卵だよ！』

『おっきいねぇ、ルー』

『うん、おっきいよスー！』

『ふふ、そうね』

ユウやミウも興味津々《きょうみしんしん》で、大きな耳をピンと立てて尻尾をユラユラと左右に揺らしながら見つめている。

その時、卵が少し動いた。ミウの尻尾が激しく左右に揺れる。

「ルナお姉ちゃん！　今動いたよ！」

「ほんとね、ミウ！　動いたわね」

私は振り返ってアレクに言った。

「もうじき雛《ひな》がかえると思うわ。初めて見る白鷲竜《しらわしりゅう》だから、生まれるまで傍にいてもいい？」

「駄目だと言っても離れないのだろう？」

「ええ、もちろん！」

満面の笑みを向ける私に、アレクは苦笑する。

「好きにしろ、ルナ。夜開かれる宴《うたげ》まではまだ時間があるからな」

「ありがとう、アレク！」

アレクとルークさんは、アジトの調査のためにそのまま聖堂を後にする。

その後、私は木箱に入った卵を手で触ってみたり、指で優しく突いてみたりと色々と観察してみた。

ミウやユウは、リンたちと仲良くなって楽しそうに卵の周りで遊んでいる。シルヴァンやジンももちろん一緒だ。

お城の大書庫から届いた本もいくつかあったのだけれど、白鷲竜《しらわしりゅう》のことは載《の》っていなかった。

私は数冊の本に一通り目を通して、ふぅとため息を吐く。

「私が知ってる知識も限られているし……」

とにかく、何かあった時のためにも傍にいないと。もうすぐ雛《ひな》が卵からかえるだろうし。

ふと気がつくと、私の傍でユウやミウが眠っている。

可愛らしいその寝顔に、思わず口元が緩《ゆる》む。

「疲れたのね、二人とも今日は頑張ったもの」

そして、私の可愛い仲間たちも、いつの間にか私の膝《ひざ》の上ですやすやと眠っていた。

シルヴァンやジンもつられてお昼寝に入ったみたい。ジンったら、シルヴァンのもふもふの背中をベッド代わりにしてる。

それに、ミーナまでシルヴァンに体を預けてぐっすりだ。どうやら私が読書に熱中しすぎたみたい。

優しい気持ちでみんなを見つめていると、聖堂の扉が開いて、アレクが入り口で護衛をしてくれていたリカルドさんたちと入ってくる。

ルークさんは他のお仕事をしてるのだろう、姿が見えない。私はそっと口に指先を当ててアレクに言う。

「みんな寝てるの、静かにね」

アレクはそれを聞いて、リカルドさんたちに外で待つように命じる。

そして、私の傍に歩み寄ると、一冊の本をこちらに差し出した。

「アレク、これは？」

「一度城に戻って今回のことを兄上にお話ししたら、手伝ってくださってな。白鷲竜《しらわしりゅう》のことならこの本がいいだろうと」

「ユリウス殿下が？」

私は慌てて本を手に取ると、栞《しおり》が差し込んである場所を見た。

「これは……」

それはある動物学者の手記だった。親を亡くした白鷲竜《しらわしりゅう》の雛《ひな》を育てている、農夫の家に通った観察記だ。

数十ページ程度の内容だけど、以前私が読んだ本よりも詳しく書いてある。

「ありがとう、アレク！　今度、ユリウス殿下にもお礼を伝えないと」

ふと栞《しおり》の裏を見ると、ユリウス殿下からのメッセージが書かれていた。

〈ルナさん、また遊びに来てください。いつでもお待ちしています〉

ユリウス殿下らしい粋《いき》な計らいだ。アレクは何故か少し不機嫌な顔をすると、私に言った。

「兄上に会ったそうだな？」

「ええ、大書庫に行った時に偶然に。どうしたの？　アレク、そんな顔して」

「別になんでもない」

私はアレクの横顔を見つめる。

もしかしたらやきもちとか？　……無いわよね、アレクが私のことでやきもちだなんて。

「博識で素敵なお兄様ね」

私の言葉にアレクはふっと自嘲《じちょう》気味に笑うと頷《うなず》いた。

「幼い頃から兄上はなんでもよくご存知だった。俺などでは到底理解できないようなこともな」

アレクは静かに聖堂の中央の通路を歩く。そして、聖堂の窓を見上げると言った。

「もしも兄上がご健康ならば、すぐ傍で父上を助け、立派な王太子になっていたに違いない。バロフェルドなどに口を挟まれるようなことの無い、立派な次期国王としてな。そうなれば、この国はもっとよくなっていた」

「アレク……」

確かにユリウス殿下は立派な人かもしれない。でも……

私は首を横に振った。そしてアレクを見つめる。

「そんなことない！　アレクは立派よ。一角獣から命懸けでこの街を救おうとしたのは誰？　私やこの孤児院の子たちを救ってくれたのは誰なの？　アレクじゃない！」

アレクは私をジッと見ている。燃え上がるような赤い髪が、窓から差し込む光に煌《きら》めいていた。

私は両手を強く握《にぎ》り締める。

「アレクは立派な王太子になるわ、そしてきっと誰にも負けないくらい立派な王様になるんだから！」

ユリウス殿下だってそれを望んでいる。この国の人たちだってみんな。

アレクは真っすぐに私を見つめ――そして笑った。

「ルナ、もしかして俺を励ましているつもりか？」

「そ、そんなつもりじゃないわ……ごめんなさい、余計なことを言ってしまって」

思わずしょんぼりしてしまう。馬鹿みたい、何言ってるのかしら私。

私なんかが余計なお世話よね。すぐにここから旅立ってしまう人間なのに。

その時――

私の体をアレクが強く抱き寄せた。

すぐ目の前にある彼の顔に気づいて、私の頬に勢いよく熱が集まった。

「アレク、私……」

「ルナ、お前は本当に不思議な女だ。お前に言われると、本当にそんな気持ちになってくる」

彼の鼓動が聞こえてくる。そして、その鼓動は私の鼓動と重なっていく。

「どこにも行くなルナ、俺の傍にいてくれ」

初めて聞く、彼の切なくて頼りない声。その体は微かに震えている。

いつも自信に満ち溢《あふ》れている彼がこんな風になるくらい、私を求めてくれているのだろうか。

「アレク……」

小さく彼の名前を呼んで、私はゆっくりと頷《うなず》いた。

すると彼はそっと体を離し、熱のこもった瞳で私を見た。そして、彼の唇が静かに私の唇に近づき、重なった。

(アレク、貴方が好き)

その時、初めて分かった。いつの間にか私は、この人を好きになっていたんだって。

どれぐらいそうしていただろう。まるで一瞬のような、それでいて永遠のような感覚だ。

唇が離れると、私は彼の胸に顔を埋《うず》めた。

アレクは私にそっと囁《ささや》く。

「ルナ、お前が好きだ」

「……私も」

彼の顔を見て返事ができなくて、顔を伏せたままそう答える。

言葉には表せない幸福感に包まれ、私は静かに目を閉じた。

その時、祭壇の傍にある木箱から音がした。急いで目を向けると、あの卵がグラリと揺れて、横に倒れている。

私とアレクは卵の傍に歩み寄る。

「アレク」

私は思わず声を上げた。

「ああ、ルナ」

卵の殻《から》にヒビが入っている。それは、ピシリと音を立てて割れた。

そして割れた殻《から》から愛くるしい白い生き物が顔を出した。

「うわぁ可愛いわ！」

白いヒヨコのような雛《ひな》が、大きな瞳で私たちを見つめている。

「ピィピィ……ピュオ!!」

新しく生まれてきたその命を前に、私とアレクは顔を見合わせて思わず微笑んだ。

雛《ひな》は生まれたばかりなのに自分の足で立ち上がろうとして、卵の殻《から》につまずきそうになる。

「ピピ!!」

私は、小さな翼をパタパタとさせるその体を抱き上げた。

すると、嬉しそうに私に体をすり寄せる白鷲竜《しらわしりゅう》の雛《ひな》。その姿がとっても愛らしくて、自然と笑みが深まる。

「あらあら、どうしたの？　甘えん坊さんね」

アレクはそれを見て言う。

「ルナ、まるでお前を母親だと思っているようだな」

「あら、アレクのことだって大好きみたいよ？」

「ピイ、ピュオ！」

私の腕の中でアレクを見つめ、小さな翼を羽ばたかせる竜の赤ちゃん。

どうやら、私たちを父親と母親だと思っているらしい。

卵からかえった時に見た相手を親だと思う、すり込みのような習性があるのかもしれない。

私は雛《ひな》を眺《なが》めつつ、アレクに言う。

「名前を決めてあげないと。ねえアレク、ピピュオなんてどう？　ちょっと単純かしら？」

この子のピュオっていう鳴き声がとても可愛いから、ついそう提案してしまった。

「ピピュオか、悪くないな」

私は白鷲竜《しらわしりゅう》の雛《ひな》の鼻を指でちょこんと突くと尋ねる。

「ふふ、パパもこう言ってるけど貴方はどうかしら？」

「ピュオ！」

嬉しそうに翼を羽ばたかせる姿を見て、私は頷《うなず》く。

「気に入ってくれたみたい。今日から貴方はピピュオよ！　よろしくね」

アレクが咳ばらいをして私に言った。

「おいルナ、パパというのは俺のことか？」

「あら、他に誰がいるの？」

私はクスクスと笑いながらアレクに問いかける。

「ほら、アレクも抱いてみる？」

「俺がか？」

少し戸惑うアレク。いつもはあんなに自信満々なくせに、意気地が無いんだから。

でもピピュオはすっかりアレクを父親だと思っている様子で、大きな目でアレクを見つめている。

「ほら、抱いてあげて」

「こ、こうか？」

私はアレクにピピュオを抱かせた。

ピピュオはアレクにべったりくっついて、ご満悦な表情を浮かべている。

「ピュオ‼」

ピピュオはアレクに向かって元気よく鳴く。まだ戸惑っているアレクがなんだか可愛い。

いつものアレクじゃないみたいで、その姿に思わず私は笑ってしまう。

「まったくお前は」

少しムッとした顔をしながらも、アレクはそっと私にキスをする。

「アレク……」

一度目より自然に唇が触れ合うと、ドキドキするものの、幸せな気持ちが強まっていく。

私は溶け合うような感覚に吐息を漏《も》らした。

アレクと出会ってから今まで本当に目まぐるしくて、まるで冒険でもしているかのよう。

こんな恋、初めて。

気がつくと、寝ぼけ眼《まなこ》のシルヴァンがこちらを見ていた。

『ルナ、その鳴き声……』

『――――っ！　シルヴァン！　起きたのね。ほら見て、この子、ピピュオっていうのよ』

私はさっきまでのキスが見られていないかソワソワしつつ、ピピュオをシルヴァンに紹介する。

シルヴァンは飛び起きると、こちらに駆け寄ってきた。

『生まれたんだな！　ルナ』

『ええ、シルヴァン』

シルヴァンが動いた拍子《ひょうし》に地面に転がったジンと、もふもふの枕を失ったミーナが目を覚ます。

『痛ってえ、酷いぜシルヴァン！』

「むにゃ……ルナ様、読書は終わられましたか？　……で、殿下！　それに、その子生まれたんですね！」

「ええ、ミーナ！」

二人ともすぐにアレクが抱くピピュオに気がついて、目をぱっちりと開けた。

『おいみんな起きろよ！　竜の子供が生まれたぜ!!』

リンたちに声をかけるジン。

『なんなのぉ、まだ眠いよぉ』

『もう朝ですかルナさん』

意外とメルの方が寝ぼけているみたい。

スーたちも、丸まった角を揺らしながらまだ眠そうに言う。

『スーも』

『ルーも眠いもん』

私はアレクからピピュオを受け取ると、みんなのいる祭壇の前の階段に座る。

「ピュオ!!」

その声にリンたちは目を瞬《しばたた》かせてピピュオを見た。

『ルナぁ！』

『なんなのこの子！』

『可愛いよぉ』

リンははしゃいでピピュオの周りを駆けまわる。そして、スーとルーも私の膝《ひざ》の傍に来てピピュオを見上げる。

ユウとミウも目を覚ますと、すぐにピピュオに夢中になった。

「うわぁ、可愛い！」

「ほんとだな、ミウ！」

ピィヨは張り切ってピピュオに言う。

『へへ、そのうち、俺が飛び方を教えてやるよ』

『ふふ、頼むわねピィヨ』

その後、ルークさんがアレクを呼びに来た。まだ仕事が残っているみたい。

「ルナ、お前はピピュオを連れて王宮に帰っていろ。直に宴《うたげ》の時間になる。ミーナもお前のために衣装合わせをしたいだろうからな」

ふふ、アレクったら、ピピュオを気にしてくれてるのね。

ピピュオはアレクが私たちの傍から離れてしまうのを見て、悲しそうに鳴き声を上げる。

「ピュオ……」

「ねえ、アレク。もう一度抱っこしてあげて。ピピュオが寂《さび》しがってる」

アレクは咳ばらいをすると私からピピュオを受け取って、しっかりとその腕に抱く。

ピピュオは途端にご機嫌になってアレクの顔を見上げた。

「後でまた会える。ピピュオ、ルナの言うことをよく聞いて、大人しくしているんだぞ」

「ピュオ！」

まるで会話をしているかのような二人を見て、ルークさんがクスクスと笑った。

アレクはそんなルークさんを睨《にら》みつける。

「ルーク、何がおかしい？」

「ふふ、なんでもありません殿下。それではルナさん、馬車までお送りしましょう」

まだ笑いを堪《こら》えているルークさん。アレクのパパぶりがよっぽどおかしかったみたい。

確かに、颯爽《さっそう》とした普段のアレクからは想像できないものね。

聖堂を出ると、教会の中庭には子供たちがいた。避難《ひなん》をさせていた孤児院の子供たちだろう。

ルークさんが明るい笑顔で私に言った。

「先程、避難《ひなん》させていた子供たちを連れて戻りました。安心してください。奴らの組織が完全に壊滅するまでは、赤獅子《あかしし》騎士団の団員たちがここを守ります」

「ルークさん、ありがとう」

子供たちはユウとミウの姿を見ると駆けてくる。

「ミウ！　ユウ！」

「ピィヨもいるよ！　見つかったんだ！」

「お帰り！」

「見て、一杯動物がいる！」

みんなに囲まれて嬉しそうなユウとミウ、そしてピィヨ。私たちも、あっという間に子供たちに囲まれた。

肩の上にいるリンとメル、そして足元にいるスーやルー。

そして、シルヴァンやジン。もちろん、ピピュオも。

子供たちは、私の仲間たちを見て目を輝かせている。まるで小さな動物園状態だ。

男の子たちに特に人気なのはシルヴァン。

「うわぁ！　強そう」

「格好いいなぁ」

「お猿が背中に乗ってる！」

ジンも人気ね。調子に乗って、いつもみたいに胸を張ってシルヴァンの背中に立っている。

女の子たちはリンやメルを見つめている。

「リスさんだ！」

「小っちゃくて、可愛いよぉ」

スーとルーの傍にも子供たちがしゃがんで、その体をそっと撫でている。

「白くて丸々だよ！」

「角が生えてる」

「ウサギさん、可愛いね！」

次から次へと話しかける子供たちに、私の仲間たちは目を白黒させる。

そして子供たちは、私が腕に抱くピピュオを見て一段と目を輝かせた。

「可愛いよぉ、お姉ちゃんその子触らせて！」

「私もぉ！」

「いいわよ、でも優しくしてあげてね」

子供たちはこくんと頷《うなず》く。

最初は沢山の子供たちに驚いていたリンたちも、次第に慣れてきたのか楽しそうに遊んでいる。

傍で子供たちを見守っていたシスターアンジェラが、私に頭を下げた。

「ごめんなさい、聖女様。この子たちすっかり興奮してしまって」

「ふふ、大丈夫です」

少しの間中庭で過ごした後、私はユウやミウに別れを告げて教会を去ることにした。

ミウが私にしがみついて、べそをかく。

「ルナお姉ちゃんまた遊びに来てね、ミウ待ってる！」

「もちろんよミウ、また会いに来るわ。約束よ」

そう言ってミウを抱き締めると、しょんぼりしていたミウの尻尾が元気になって左右に揺れた。

そして、アレクが用意してくれた馬車に向かう。一緒に馬車に乗り込むリカルドさんに、アレクは言った。

「リカルド、ルナの護衛を頼むぞ」

「お任せください、殿下！」

他の護衛騎士さんたちも馬に乗って周りにいるから大丈夫なのに、アレクは本当に心配性ね。

アレクは私の肩をそっと抱いて言う。

「もう無茶はするなよルナ。何かあったらすぐに俺に知らせろ、分かったな？」

「分かってるわ。もう無茶はしない」

散々アレクに心配をかけているので、私は素直に頷《うなず》く。

私を心配する彼の優しい瞳が嬉しくて、少し頬が染まるのを感じた。

「アレク、貴方も気をつけて」

私はそう言うと、みんなに別れを告げて馬車に乗り込んだ。

◇　◇　◇

そんな教会の入り口を、少し離れた物陰から眺《なが》めるローブ姿の男女がいた。

「ルナめ……あんな男と！」

「ふふ、私の言ったとおりだったでしょう？　ジェラルド殿下」

ジェラルドとイザベルである。

「おのれ！　ルナめ、最初からあの男とできていたのか？　だから、あれほど嬉々としてファリーンを出ていったのだな!!」

それは的外れな推測だが、ジェラルドはイザベルに吹き込まれてそう信じ込んでいる。

イザベルはジェラルドの肩にそっと手を置いて慰《なぐさ》めるように囁《ささや》いた。

「これではあまりにジェラルド殿下がお可哀想なので、わたくしも黙っていられなかったのです」

「許さん……絶対に許さんぞ！　ファリーンの王太子であるこの俺を裏切り、よくも他の男と!!」

自《みずか》らの裏切り行為を棚に上げ、怒りに拳《こぶし》を震わせるジェラルド。イザベルはそれを見て内心嘲笑《あざわら》う。

（あんなにいい男だもの、私でもそうするわよ）

二人の周りには護衛の姿が見える。そして、その護衛を雇った者の姿も――

贅沢《ぜいたく》な身なりをしたその男は、ジェラルドに言う。

「このまま放っておいてもよろしいのですかな、ジェラルド殿下？　この国の民は彼女を聖女として崇《あが》めている。そして彼女と共に民を救った英雄であるアレクファアート殿下は、いずれ王太子になられるでしょう。そうなればあの女は、エディファンの王太子妃になるかもしれませんな」

「馬鹿な！　この俺をこんな目に遭わせておいて王太子妃だと？　そんなことが許されるものか!!」

「このバルンゲル、殿下のお気持ちはよく分かりますぞ。しかし聖女と英雄が結ばれれば、このエディファンの民は歓喜に沸き返ることでしょう」

その言葉に、元ファリーンの王太子の目は血走っていく。

「……バルンゲル、俺は何をすればいいのだ。あの二人が結ばれることなど俺が絶対に許さん！」

第四章　歓迎の宴《うたげ》

「ピュオ……」

馬車の窓からアレクを見つめているピピュオ。

パパとお別れをするのがやっぱり寂《さび》しいみたい。

アレクの姿が見えなくなると、ピピュオは分かりやすくしょんぼりする。

頭を俯《うつむ》かせているその姿は、思わず抱き締めたくなる。

リンがそんなピピュオを眺《なが》めながら私に言った。

『ねえ、ルナぁ。ルナがピピュオのママになるの？』

『ええ、そうよ』

私にどこまでできるのかは分からない。

でも、誰かが本当の母親の代わりにピピュオに愛情を注いであげないと。この子がいつか、自分の翼で力強く空を羽ばたけるように。

私の座席の左右にいるスーとルーが、その言葉を聞いて言う。

『ピピュオ、ルナがピピュオのママなんだって！』

『ルナママだよ』

するとシルヴァンがふぅとため息を吐きながら言った。

『でもルナってば、まだ恋人もいないのにママだなんてさ』

『ちょっとシルヴァン……恋人がいないは余計でしょ？』

私はそう言ってシルヴァンを睨《にら》む。

『へへ、でも安心しろって。恋人なんてできなくても、ずっと俺がルナを守ってやるからさ！』

『ありがと、シルヴァン』

頼もしい弟の言葉に、一転して嬉しくなる。

ふと下に目を向けると、ピピュオは私の腕の中で首を傾げ、大きな瞳でこちらを見つめている。

『ピピュオ、私がママよ。ママ、言えるかしら？』

『ま〜』

ふふ、まだ上手に言えないみたい。でもそれがかえって可愛い。

どうしよう……もし将来ピピュオが大空に羽ばたいていったら、号泣しそう。

そんな私の心配を知るはずもなく、ピピュオは私に頭をすり寄せる。

すると正面の席から囁《ささや》くような声が聞こえてきた。

「竜の子を抱く聖女様……尊い」

私はそう呟く声の主――リカルドさんをキッと一睨《にら》みした。

ファンクラブのことを考えると頭が痛くなってくる。とにかく、このことは宴《うたげ》が終わってから考えることにしよう。

少なくとも以前リカルドさんが言っていたバッジが作られるまでに、なんとかしないとね。

私のファンクラブのバッジとか、アレクに見られたら大笑いされるに決まってる。

ちらりと近くに座るミーナに目を向けると、そんな私を見て笑いを堪《こら》えている。

「ミーナったら！」

「ふふ、ごめんなさいルナ様」

そう謝った後、ミーナは表情をあらためて私に言う。

「ルナ様、帰ったらドレスを選びましょう。ミーナが気合を入れて選ばせて頂きます！」

「ちょっとミーナ、そんなに張り切らなくてもいいわよ」

……はぁ。せっかく公爵令嬢じゃなくなったから、気軽な服装ができるようになって喜んでたのに。

元の世界の記憶が蘇《よみがえ》ってからは、ドレスはやっぱり窮屈《きゅうくつ》だったのよね。

あの頃は家に帰ったらジャージ姿でくつろいで、ゲームしてたし。

「……ふふ、懐《なつ》かしいわね」

「どうしたんですか、ルナ様？」

「ううん、なんでもないわ。ちょっと昔のことを思い出しただけ」

『E・G・K』は仕事が終わった後のささやかな楽しみだった。

ご飯を食べて、仕事帰りに買ったお菓子をつまみながらギルドメンバーとチャットしたり、いろんなクエストを協力してクリアしたっけ。

まあ、アラサー女子としては自慢できるような話じゃないけどね。

だから恋愛はご無沙汰だったし、はっきり言って性に合わない。こちらの世界に来てからも、婚約相手のジェラルドとは最初から気が合わなかったし。

だから、婚約破棄の話が出た時も、彼の態度には腹が立ったけど傷ついたりはしなかった。

でも、アレクは……

そんなことを考えながら窓の外を見る。

『ま～』

声のした方に目を向けると、ピピュオが小首を傾げて私を見つめている。微笑みつつ私はその頭を優しく撫でた。

『ピピュオはアレクが大好きだものね』

私をママ、そしてアレクのことをパパだと思っているピピュオ。小さな翼を羽ばたかせて、愛らしい顔を私の胸に埋《うず》める。

その姿を見つめながら私は思った。

言わないと……アレクに全部。

先程の聖堂の中での出来事を思い出す。

アレクに口づけをされて何も考えられないほど、頭の中が真っ白になった。胸が高鳴って、息さえできないぐらいに。その時に、彼が好きなんだって分かった。

自分が恋してるんだって、この人の傍にいたいって……

だから、全部彼には話さないと。

ファリーンを追放されたこと、ジェラルドに婚約破棄されたこと。私から話さないといけない。

こんなこと誰かの口から彼の耳に入ったら、ジェラルドとのことをアレクに誤解されるんじゃないかって、少し怖くなる。

そうなる前に、私の口から全部正直に話すべきだわ。

次に彼に会ったら全部話そう。そう、宴《うたげ》が始まる前に。

黙り込む私を、ミーナが少し心配そうに眺《なが》めている。

「どうされたんですか？　ルナ様」

「ううん、なんでもないわ！　ミーナ」

大丈夫、きっとアレクなら分かってくれるわ。私が好きなのはアレクだけだから。

私はそう自分に言い聞かせながら、暫《しばら》く窓の外の風景を眺《なが》めていた。


「ねえ、ミーナ。これ全部着ないと駄目？」

宴《うたげ》が行われる予定の大広間。その隣にある大きな衣装室の一つで、私はふぅとため息を吐く。

一体、何着あるのっていう数のドレスが並んでいて、とても決められそうもない。

ミーナは苦笑して私に答えた。

「実は王妃様がルナ様にと、こんなに沢山。でもご安心ください！　私が厳選しましたから」

そう言って胸を張るミーナが指差した場所に並んでいる数点のドレスは、確かにどれも素敵なものばかり。

『ねえ、お姉ちゃん着てみてよ！』

フィオルが私の足元で少し興奮気味にこちらを見つめる。

実は王宮に着いてすぐ、一角獣たちのところに会いに行ったのだ。

アレクから一角獣たちを宴《うたげ》に招くように頼まれていたんだけど、オルゼルスたちは、城門が直るまではここを守る義務があるって聞かなくて。

オルゼルス王とはこんな話をした。

『――それにまだ、聖獣であるワシが都に入ることを不安に思う者もおるかもしれぬ』

『でも、アレクは貴方たちとの友好を示したいって』

『ふふ、獣人の王子も味なことをする。ならばワシよりももっと適任な者がおろう。獣人と我らの平和の懸《か》け橋として相応《ふさわ》しい者がな――』

それがフィオルというわけだ。言われてみると確かにそうかもしれない。

一角獣が都を襲《おそ》おうとした時、必死にいなないて争いを食い止めたフィオルは、獣人たちにとっても一角獣たちにとっても平和の象徴のような存在だものね。

そんなフィオルの背中に駆け上がるリン。

『ルナぁ、リンもルナが綺麗なお洋服着たところ見たい！』

スーやルーたちは、ドレスの傍に行って目を輝かせている。

『ルー、このお洋服ヒラヒラだよ！』

『こっちもだよ、スー！』

ジンはシルヴァンの背中の上でドレスを眺《なが》めつつ、ケラケラと笑う。

『へへ、でもさ、まるでお姫様が着るドレスばっかりだぜ？　ルナ、大丈夫か？』

『ちょっとジン……それどういう意味？』

まったく、シルヴァンといいジンといい、恋人がいないだのドレスが似合うかだの失礼ね。

そんなに女子力が無いように見えるのかな。これでも、つい最近まで公爵令嬢だったんだけど……

最終的に、ミーナが選んだ赤と白の二つの素敵なドレスまで絞り込んだ。どちらもなめらかな生地で、細部まで丁寧に作り込まれていることから、一流の職人が作ったドレスだというのが分かる。

するとミーナが私の耳元で囁《ささや》く。

「サイズはもう調節してありますから、ご安心ください。赤いドレスもルナ様のブロンドに映えると思いますけれど、アレクファート殿下は白いドレスがお好きだと思います」

「え!?　ど、どうしてアレクの好みなんて関係あるの？」

動揺して声が上ずる。ミーナはふふっと笑って続けた。

「だって聖堂で、お二人が口づけしていらっしゃるのを見てましたから。ふふ、少し前に目が覚めていたんですよね」

「ちょ!?　……あ、あれは違うのよ、ミーナ！」

「あら、どう違うんですか？　ルナ様」

そう言って、にっこりと笑うミーナ。意外と意地悪なんだから。

起きてたなら言ってくれればいいのに。

私は気配り上手な侍女に小さく舌を出すと、白いドレスを選んだ。

似合うかどうかは別として、どうせならアレクに喜んでもらいたい。

「とにかく着てみるわ。ミーナ、ピピュオをお願いね」

「はい！　ピピュオおいで」

そう言ってミーナは私からピピュオを受け取る。

『ま～！　ま～!!』

私がどこかに行ってしまうのかと思ったのか、ピピュオはピュオ、ピュオ！　と不安げに鳴く。

大きな目に涙を浮かべて腕の中で暴れるピピュオを、ミーナは困った顔をして床に下ろした。

すると、ピピュオはしっかり地面に立って私の足に頭をすり寄せる。

『ま〜！』

『ふふ、仕方ない子ね。一緒に来る？』

もうしっかり自分の足で歩けるなんて流石《さすが》竜の子、成長が早い。私は、ドレスを手に着替え用の個室に向かう。

その後を、まるでカルガモの子のように、ヨチヨチと私についてくるピピュオは愛らしい。

私は今着ている服を脱ごうとして、ふとあることを思い出した。

「そうだわ、ミーナ。何か紐《ひも》は無いかしら？」

「紐《ひも》ですか？　アクセサリー用のものならありますけど」

私はミーナが差し出した一本の細く美しい紐《ひも》を受け取る。それを以前リンからもらった虹色の石に通す。

「ぴったりだわ、ありがとうミーナ」

個室に入り、私はドレスに着替え始める。

宴《うたげ》の会場になる隣のホールに人々が徐々に集まっているのが、喧騒《けんそう》から伝わってくる。

ミーナの話では、もうじきここに迎えが来るだろうということだ。

「アレクったら何してるのかしら？　迎えに来てくれると思ったのに」

まだ仕事なのかな？　宴《うたげ》の前に話をしたかった。

私はそう思いながら美しい純白のドレスに袖《そで》を通した。

◇　◇　◇

丁度その頃、アレクとルークは王宮へと急いでいた。

「急ぎましょう殿下！　思ったよりも遅くなってしまいました」

「ああ、そうだなルーク。急ぐとしよう！」

二人は馬を走らせ王宮の門をくぐる。そして厩舎《きゅうしゃ》に馬を繋《つな》ぐと、宴《うたげ》が開催される大広間に向かう。招待客は既に集まっていた。

多くの人々は聖女と呼ばれるルナを歓迎している様子だが、一部の貴族がまるでせせら笑うかのように彼女について話しているのが、アレクたちの耳に入った。

宰相派だった貴族の一部だ。

「聖女ですと？　聞けばファリーンの平民だと言うではありませんか」

「平民相手に、陛下もわざわざ宴《うたげ》を開かずとも」

「どんな格好で現れるのか見物ですな。着慣れぬドレスなど着て現れても、恥をかくだけでしょうに」

そして彼らの周りには、その息女と思われる着飾った女性たちが肩を並べる。

「ふふ、お父様。せっかくの聖女様の歓迎の宴《うたげ》だというのに、私たちが主役になってしまいそうですわね」

「ええ、本当に」

「アレクファート殿下のお気に入りと聞いていますけど、場違いな姿をご覧になれば、そのような卑《いや》しい女からはすぐにお心が離れますわ」

令嬢たちはアレクたちが入ってきたことにも気づかずに、そう話しながらルナを嘲笑《あざわら》う。そんな彼らに向かって、アレクは怒りの表情を浮かべて一歩踏み出した。

彼らを怒鳴りつける勢いのアレクを、ルークが止める。

「ルーク、何故止める？　あんな連中がルナを侮辱《ぶじょく》することなど許せん！」

「その必要が無いからです。殿下、あれをご覧ください」

アレクはルークの視線の先を見た。

そこは、この大広間から見上げるように続く緩《ゆる》やかな階段で、床には赤い絨毯《じゅうたん》が敷かれている。

主に主賓《しゅひん》が下りてくる時に使われる階段だ。その先にある踊り場には、今、一人の女性が立っている。

純白のドレスを着たその女性に、会場にいるすべての人が目を奪《うば》われた。

そして口々に言う。

「あ、あのお方が聖女なのか？」

「な、なんと美しい……」

「誰だ平民などと言っていた者は」

「まるで高貴な姫君ではないか！」

先程までルナを嘲笑《あざわら》っていた者たちは、顔を真っ赤にしてすっかり小さくなっている。

アレクは呆然として、階段の先に立つルナを見つめた。

「ルーク……あれは、ルナなのか？」

「ふふ、殿下、間違いありません。なんと美しい。さあ殿下、ルナさんが待っています。傍に行ってあげてください」

「あ……ああ」

ルークの言葉にアレクはぎこちなく頷《うなず》く。

アレクにも舞台に立つ女性がルナだということは分かっているのだが、いつもと違う雰囲気に思わず鼓動が速まる。

純白のドレスに身を包み、こちらを見つめているルナは清楚《せいそ》で高貴に見える。まさに聖女と呼ぶのに相応《ふさわ》しい。

アレクは彼女に向かってゆっくりと歩いた。

赤い髪を靡《なび》かせる貴公子は、聖女と呼ばれる女性を熱のこもった瞳で見つめる。

自分を迎えに来たアレクを見て、ルナは少し戸惑ったように言った。

「あ、アレク。ごめんなさい、こんなに沢山のお客様がいるとは思わなくて。ピピュオを連れてきちゃったの」

ルナの腕には白い竜の子供が抱かれている。そして、彼女の周りには動物たちの姿があった。

それを見てアレクは笑みを浮かべた。

ドレスを着て雰囲気こそ変わってはいるが、やっぱり自分が知っているルナだと分かったからだ。

「別に構わん。その方が、澄《す》ました顔をしているよりもずっとお前らしい」

「何よそれ？　どうせお転婆《てんば》な私には、ドレス姿なんて似合いませんよ」

そう言って口を尖《とが》らせるルナ。アレクはなおルナを見つめる。

ジッと見つめられて、ルナの頬は少し赤くなった。

「ど、どうしたの……私のドレス姿がそんなにおかしい？」

アレクは静かにルナの右手を取ると、エスコートするように階段を下り始める。

そしてルナにそっと囁《ささや》いた。

「綺麗だ、ルナ。誰よりも」

「あ、アレク……」

ルナの頬が真っ赤に染まる。

招待客からは一斉《いっせい》にため息が漏《も》れた。

「このエディファルリアを守った英雄と聖女だ」

「並んで歩かれるあのお姿、とても素敵だわ！」

「ああ、なんとお似合いのお二人か！」

その時――

会場の入り口から男の声が響いた。

「お似合いの二人ですと？　いけませんなぁ、エディファンの王子ともあろうお方が、そのような女に騙《だま》されては」

でっぷりと太った男がゆっくりと大広間に入ってくる。ジェーレントの大使であるバルンゲル伯爵だ。

彼を振り返った来場者たちは、困惑した様子で囁《ささや》き合う。

「ジェーレントの大使か。どういうことだ？　そのような女とは一体……？」

「まさか……聖女様のことを言っているのか？」

「馬鹿な、そんなはずがあるまい」

「しかし、騙《だま》されていると……」

意味ありげな笑みを浮かべながら、バルンゲルは大広間の中央に進み出る。

その視線の先には、みなに英雄、聖女と称えられる男女が立っている。

突然の出来事に戸惑っているルナを守るようにアレクは前に立つと、バルンゲルに問いただした。

「大使、なんのつもりだ？　今宵《こよい》はルナの歓迎の宴《うたげ》、これから陛下もお越しになる。誰のことを言っているのかは知らんが無礼が過ぎるぞ」

その言葉を聞いて、バルンゲルはニヤリと笑う。

「無礼は承知の上でございます、アレクファート殿下。ですが、その聖女とやらがとんだ食わせ者だとしたらどうなさいます？　初めから殿下に取り入ることが目的の、卑《いや》しい性根の悪女だとしたら」

「貴様！　悪女だと？　誰のことを言っている！」

　アレクの怒声に凍りつく会場。しかしバルンゲルは笑いながら続ける。

「これはこれは、余程その女に骨抜きにされたご様子。こうなればお呼びするしかないですな、その女がいかに悪女かご存知のお方を！」

　バルンゲルがそう言うと、大広間の入り口から、大使の護衛と共にローブ姿の男が入ってくる。

　アレクは鋭い眼差しを大使とその男に向けた。

「なんのつもりかは知らんが、バルンゲル、今更冗談では済まされんぞ」

「冗談などと、私は初めから大真面目でございますぞ。くくく、このお方が誰かお知りになれば、私がふざけてなどおらぬことがよくお分かりになるはず」

　その時、シルヴァンが耳をピンと立たせルナに叫んだ。

『ルナ、あいつ！』

『どうしたのシルヴァン？』

『そんな馬鹿な……あいつがこんなところにいるはずがない』

鼻をひくつかせて、あり得ないと首を横に振るシルヴァン。そんな中、先程入ってきた男が頭に被っているローブをゆっくりと脱ぐ。

ローブの下から現れた人物を見て、ルナは目を見開いた。

「まさか、貴方は——ジェラルド!? 一体、どうしてこんなところに!」

◇◇◇

私はわけが分からずに、広間の中央に立つジェラルドを眺《なが》めていた。

どうしてファリーンにいるはずのジェラルドが、こんなところにいるの？ 思わず呆然としてしまう。

ジェーレントの大使の傍に立つジェラルドは、何故か怒りに満ちた目で私を睨《にら》んでいる。そして叫んだ。

「どうしてだと!? よくもそんなことが言えたものだ！ 俺の婚約者でありながら、素知らぬ顔で他の男と！ すべて、その男に目移りをしたお前が企んだことなのだろう!?」

「ちょっと待って！　何を言っているの？」

意味が分からない。私が企んだって何を？　この人、何を言っているの……？

貴方が一方的に私との婚約を破棄したんじゃない。みんなの前であんなに酷い言葉で。

咄嗟《とっさ》に横を向くと、アレクが衝撃を受けた表情で私を見つめている。

「ルナ……今、あの男がお前を婚約者だと言っていた。それは本当なのか？」

私は必死に首を横に振る。

「違うわアレク！　彼との婚約はもう破棄されているもの。彼から言い出した話よ、今は婚約者なんかじゃない！」

もっとちゃんと説明したいのに、突然現れたジェラルドの姿に動揺して上手く伝えられない。

ジェラルドは私をきつく睨《にら》むと言い放った。

「黙れ、ルナ！　お前が先に俺を騙《だま》したのだ！　婚約の破棄など無効に決まっている。お前は俺と一緒に国に帰り、神獣の前でお前の罪をすべて告白しろ。そうすれば、この俺は再びファリーンの王太子となれる！」

再び王太子ってどういうこと？

ジェラルドの言っていることが、私には全く理解できなかった。

ジェラルドの言葉に、会場にどよめきが広がっていく。

「ジェラルドというのは、もしかしてファリーンのジェラルド王子か？」

「まさかそんな……」

「だが、こんな場所で身分を偽《いつわ》ったりするものか？」

「ああ、そんなことをすれば、ジェーレントの大使もただでは済まぬ」

バルンゲル伯爵はそれを聞いて鼻で笑った。

「無論、すべて真実。どうやら、アレクファート殿下は何も聞かされていなかったようですな。ついこの間までジェラルド殿下の婚約者だったにもかかわらず、もうエディファンの王子に色目を使うとは……これが男をたぶらかす悪女と言わずして、なんと申せばいいのか」

そしてアレクに歩み寄ると続けた。

「殿下がそんな女の毒牙《どくが》にかかるのを見てはおれませんので、このようなことをさせて頂いたのですよ。むしろ、このワシに感謝してほしいものですぞ。くく、ふはは！」

アレクは大使を睨《にら》みながら、私の方を見ずに言った。

「ルナ、何故黙っていた？」

「違うのアレク！　言おうと思っていたわ、この宴《うたげ》が始まる前に言うつもりだったの！」

瞳から零《こぼ》れる涙でアレクの横顔が滲《にじ》む。

こんなことになるなら、もっと早く打ち明けておくべきだった。今ここで何を言っても、言い訳にしか聞こえないだろう。後悔が胸に押し寄せる。

沈黙が流れる。一瞬の沈黙が、まるで永遠にも感じた。

「ごめんなさい、アレク……ごめんなさい」

私の言葉だけが、静まり返るホールに響いた。大使が嘲笑《あざわら》うように言う。

「言うつもりだったなどと、今更白々しいことをよくも。どうやらアレクファート殿下も、呆れて物が言えぬようですな」

ジェラルドがこちらに近寄ってくると、私の腕を痛いほど強く掴《つか》んだ。

「来い、ルナ！　お前には罪を洗いざらい吐かせて、一生俺の言いなりにさせてやる！　この性悪の悪女めが!!」

乱暴《あらぼう》に腕を掴《つか》まれて骨がきしむ音がする。まるで物でも扱うようなその振る舞いに涙が溢《あふ》れた。

「――いやっ！」

私がそう叫んだ瞬間、鈍い音が耳に届いた。その音がしたと同時に、腕の拘束が解かれる。驚いて見ると、ジェラルドは派手に床の上を転がっていた。

その頬には殴られた痕《あと》がある。

燃え上がるような赤い髪を靡《なび》かせて、アレクがジェラルドの前に立っている。

ジェラルドはアレクを見上げて怒りの声を上げた。

「き、貴様！　お、俺を殴ったな！　尊いこの俺の顔を！　ファリーンの王子であるこの俺を!!」

「薄汚い手でルナに触るな。悪女だと？　どうやらお前の目は節穴らしい」

「な、なんだと！　俺の目が節穴だと？　馬鹿め、女に騙《だま》される愚《おろ》か者が！」

アレクは静かにジェラルドを見下ろしている。

「確かに俺は、ルナと出会ってまだ僅《わず》かな時しか共に過ごしてはいない」

彼はこちらを向いて、私の目をしっかりと見つめて言った。

「だが、俺は確かに見た。ルナがどんな時に笑い、そして誰のために泣くのかを」

私の目から先程とは違う涙が溢《あふ》れる。

アレクは私をしっかりと抱き寄せた。そして、ジェラルドを睨《にら》む。

「ファリーンの王子よ、ルナは断じて貴様が言うような女ではない！　俺はルナをお前みたいなクズに渡したりはせん！」

私は彼の言葉が嬉しくて、その胸に顔を埋《うず》めた。

その一方で、床に倒れているジェラルドは常軌を逸した目つきでアレクに喚《わめ》く。

「く、クズだと！　尊きファリーンの王子である、この俺がクズだと？　貴様ぁ、もう一度言ってみろ‼」

怒りに我を忘れたジェラルドは、バルンゲル大使の護衛の一人から強引に剣を奪《うば》い取る。

そんなジェラルドの行動に、近くで状況を見守っていたルークさんが叫んだ。

「殿下！」

ジェラルドが剣を振りかぶった。恐怖で固まりぎゅっと目を閉じた瞬間――鋭い音がしたかと思うと、その剣は既に宙を舞っていた。

いつ抜いたのか分からないほどの速さで剣を手にしたアレクが、ジェラルドの剣を弾き飛ばしたのだ。

私の前で向かい合う二人の王子。

アレクは自分の剣をジェラルドの喉元に突きつける。

こんな事態ではあるけれど、集まっている令嬢たちはみなアレクに見惚《みと》れている。

「アレクファート殿下……」

「なんて凛々《りり》しいの」

ジェラルドはバランスを失い、後ろによろけると尻もちをついた。

「ぐっ！　お、おのれ‼」

そんなファリーンの王子を、アレクは冷たく見下ろす。

「愚《おろ》かな男だ。俺は貴様を許さん。ルーク、この男を捕らえよ！」

「畏《かしこ》まりました殿下！」

すぐにルークさんをはじめとする騎士たちが、ジェラルドを拘束する。

ジェラルドは血走った目で叫んだ。

「は、放せ！　俺を誰だと思っている、この下郎どもが！　俺はファリーンの王子だぞ、こんな真似をしてどうなるか分かっているのか⁉」

ルークさんが静かな、でも凍てつくような眼差しでジェラルドを見つめる。

「分かっていないのは貴方です。いくらファリーン国の王子とはいえ、我が国の王宮で剣を抜くとは」

そして、今度はその傍にいるバルンゲル伯爵を睨《にら》む。

「この騒《さわ》ぎの原因を作ったのは、バルンゲル大使、貴方だ。貴方もただでは済みませんよ」

それを聞いて、後ずさりをするジェーレントの大使。

「ば、馬鹿な！　ワシは関係無い、ジェラルド王子が勝手に剣を奪《うば》ったのだ！」

まさかジェラルドがここまでするとは思わなかったのだろう。

バルンゲル伯爵の声が動揺して上ずる。

「それに、わ、ワシはイザベル嬢の言うとおりに！」

「イザベル？」

バルンゲルから発せられた名前に、私は再び呆然とする。

どうしてイザベルが？　まさか、彼女もここにいるの……？

シルヴァンが耳を立て、鼻をひくつかせた。

『ルナ、あいつもいる。香水で臭いを誤魔化しているけど、微かに感じる』

視線の端に、大広間から逃げるように出口に向かう人影が見えた。

だがその人影は、広間から逃げ出す前に叫び声を上げた。

「ひっ！　な、何よこれ！　なんなの!?」

彼女が着ているローブが脱げる。その中から現れたのは、紛《まぎ》れもなくイザベルだった。

先程まで逃げようとしていたにもかかわらず、何故か彼女は踵《きびす》を返し、まるで操り人形みたいにこちらに向かってくる。

イザベルの額に浮かぶ紋様が黒く輝いているのが見えた。

「ど、どうなってるの足が……足が勝手に⁉」

ジェラルドがイザベルに叫ぶ。

「イザベル、お前はこれで上手くいくと言ったではないか！　ルナの正体を奴に教えてやれば、すべて上手くいくと！」

「うるさいわね、この役立たず！　冗談じゃないわ！　どうして、私があんたなんかと一緒に‼」

そう言って必死に逃げようとするイザベルだが、その意思とは裏腹に彼女はこっちに真っすぐ歩いてくる。

「イザベル、どうして貴方までここに？」

思わずそう問いかける私を、イザベルは睨《にら》んだ。その目からは強烈な憎悪を感じる。

「どうしてここにですって？　ルナ、こうなったのは全部貴方のせいよ！　この私がどうして……冗談じゃないわ、貴方だけ幸せになんてさせるものですか！　殺してやる‼」

イザベルはそう言って腰に提げた短剣を抜くと、私に斬《き》りかかる。

「ルナ‼」

アレクが目を見開いて叫んだ。

しかし、アレクが私を庇《かば》おうと剣を振るう前に、イザベルの腕は奇妙なものに絡め取られてねじ上げられた。

まるで植物の蔓《つる》。いや、ただの蔓《つる》じゃない、これは棘《とげ》の生えた、いばらの蔓《つる》だ。

それが、生き物のように動いてイザベルの体を拘束している。

「ひっ！　な、なんなのこれ！」

イザベルだけじゃなくジェラルドの体にも、同じ蔓《つる》が巻きついていた。

「ぐあああ！」

いばらにその身を縛り上げられて、うめき声を上げる二人。

イザベルの額に描《えが》かれた紋様が輝きを増し、気がつくとそれは、ジェラルドの額にもハッキリと浮かび上がっている。

そして、それと同時に大広間の床に魔法陣が描《えが》かれていった。シルヴァンが何かの気配を感じ、耳を立てると呟く。

『父さん……』

『シルヴァン、どういうこと？　セイラン様がどうしたの？』

『ルナ、父さんが来る……！』

どういうこと？　どうしてセイラン様が。

ジェラルドやイザベルがいるのさえ、何故か分からないのに。

動揺する私を前に、床に描《えが》かれた魔法陣が白い輝きを増しながら揺らめく。

そしてその光の中から人影が現れた。

「これは……一体どうなってるの？」

目の前に立っているのは、美しい銀色の狼の耳と尾を持つ貴公子だ。月の光を宿したかのような長い髪は、プラチナブロンド。

そのあまりの美しさに、広間にいる人全員が目を奪《うば》われている。そう、蔓《つる》に拘束されているイザベルやジェラルドでさえも。

現れた貴公子は、冷たい目でイザベルたちを見下ろし、鋭く言い放つ。

「愚《おろ》か者どもよ。我が与えた最後の機会さえも自《みずか》ら手放すとはな」

外見はいつもとは全く違う。でも、私には彼がセイラン様だと分かった。

姿形は違うけれど、その気配は同じだもの。

「セイラン様！」

思わずそう叫ぶ私に、ルークさんが驚きの声を上げる。

「セイラン……まさか、このお方はファリーンの神獣であるセイラン様ですか⁉」

その言葉に会場にいる人々がざわめく。

「し、神獣ですって⁉」

「まさか、ファリーンの神獣であられるセイラン様か⁉」

「しかし、あの姿は……人の姿をされているではないか」

神獣の域に達した銀狼は人化ができるとはいうけれど、貴族の令嬢たちも、月光を思わせるプラチナブロンドの髪を靡《なび》かせるセイラン様に見惚《みと》れている。

「お美しい方……」

「まるで月光の貴公子」

セイラン様が見つめる中、ジェラルドとイザベルの体はいばらに包まれていく。

いや、違う。まるで彼らの体自体がいばらに変化していくようだ。

二人は血走った目で叫ぶ。

「お、おのれ！　ファリーンの王子であるこの俺がどうして！　この、獣め‼」

「この私がどうして！　神獣セイラン、お前を呪ってやる‼」

その呪いの言葉に呼応するかのように、二人の額に描《えが》かれた紋様が黒い輝きを増していく。

美しい貴公子は、いつの間にか大きな銀狼に姿を変えていた。

神獣セイランの本当の姿に。

「愚《おろ》かな者たちだ。今、お前たちをいばらに変えているのは、お前たち自身の醜《みにく》い心だ。その額に描《えが》かれた印は、お前たちがルナに行った仕打ちを悔《く》い改めれば消えていた。ルナの前に手をつき、心から詫《わ》びていれば自然にな」

呪いの言葉を吐き続ける二人の姿は、いつの間にか完全にいばらに変わり絡み合って、その棘《とげ》で互いを傷つけている。

それを見てセイラン様は言った。

「いばらに変わってまで誰かを傷つけずにおれぬとは、救いがたい者たちだ。その醜《みにく》い心が変わらぬ限り、永遠に元の姿には戻れぬと知れ」

あまりの出来事に静まり返る王宮の大広間。

大きな銀狼は、静かにこちらを振り返る。

そして、私と、私をしっかりと腕に抱くアレクの姿を見つめた。

「ふふ、ルナよ。約定《やくじょう》を破ったこ奴らを裁き、お前を連れ帰るつもりだったが。どうやら、よい相手を見つけたようだな」

「セイラン様！」

私が呼びかけた時にはもう、セイラン様の体は再び先程の魔法陣の光に包まれていた。

いばらとなったジェラルドとイザベルはその光の中に消えていく。

セイラン様の姿も次第に淡い光に包まれていった。

魔法陣の光の中に消えていくセイラン様を見て、シルヴァンが叫んだ。

『父さん、俺！』

『ふふ、シルヴァン。暫《しばら》く見ぬ間に逞《たくま》しくなったな』

『父さん……俺、まだルナの傍にいたいんだ』

セイラン様は黙って静かに頷《うなず》いた。

それを見て、嬉しそうに私に体を寄せるシルヴァン。

そして、最後にセイラン様はアレクに言った。

「獣人の王子よ。ルナを頼んだぞ」

「尊き神獣セイランよ。たとえ何があったとしても、ルナはこの手で守り抜くと誓おう」

セイラン様は満足げに笑って目を細める。床の魔法陣が消えていき、淡い光と共にセイラン様の姿も消え去っていった。

ファリーンにある神殿に戻ったのだろう。

アレクが私を力強く抱き締める。

「ルナ、お前を愛している。妻となってこれからもずっと俺の傍にいてくれ」

心から好きになった人から告げられた言葉に、胸に言い表せないほどの喜びが広がる。

「アレク……信じてくれて、守ってくれてありがとう。私も貴方を愛してるわ」

私はそう伝えると、彼の腕にそっと身を委《ゆだ》ねた。

エピローグ

それから数ヶ月後。獣人たちの都、エディファルリアは活気に溢《あふ》れていた。

一角獣の襲撃《しゅうげき》により破壊された城門は、もう完全に修復が終わっている。

城門自体はすっかり完成しているのだが、まだ周囲には大工たちの姿が見えた。

「あんた、そっちはどうだい？」

「おう！　アンナ、こっちは問題ねえ」

城門の近くに、高い足場を作って作業をしているのは、この街きっての大工のダンと妻で画家のアンナだ。

ダンの指示のもとで大工たちが行っているのは、城門の修復ではなく、大きな壁画を描《えが》くための白い下地を塗《ぬ》る作業だ。

城門の傍の壁面に用意された巨大なキャンバス。それを見て、アンナはふぅとため息を吐く。

「あんた、あたしなんだか緊張《きんちょう》するよ」

「はは、こりゃ驚いた！　アンナの口からそんな可愛らしい言葉が出るとはな。若い頃は『あたしはエディファン一の画家なんだ、あんたと結婚してあげるから感謝しな』なんて息巻いてたじゃねえか」

「ば、馬鹿じゃないのかいダン！　そ、そんな昔のこと、みんなの前で言うもんじゃないよ！　大体あんたがどうしても結婚してくれって頼むからあたしは……」

二人のそんな姿を見て、他の大工たちは逞《たくま》しい体を揺すりながら笑った。

「ダンの兄貴は、アンナねえさんにそりゃあ夢中だったからなぁ」

「都で評判の画家だったねえさんを、半年かけて口説き落としてさ」

「あの頃は毎日酒場で、アンナねえさんが今日何をしてたって、ダンの兄貴がうるさかったよな」

アンナはそれを聞いて、顔を真っ赤にしてダンに抗議する。

「ほら、あんたが余計なことを言うから恥かいたじゃないか！　まったく、これだから男どもは！」

相変わらず威勢がいいアンナに大工たちは声を上げて笑う。ダンはアンナに言った。

「でもよ、聖女様にこの町で一番に会ったのは俺たちだからな。城門の修復の見学にみえた時に話したら、あの時のこと思い出してくれてよ。壁画を作るなら、ぜひお前に描《か》いてほしいってルナ様たってのご指名だろうが？」

「ふふ、そうだったね。まさか、一角獣の子を治すために必死だったあの子の絵を描《か》くことになるなんて、あの時は考えもしなかったよ」

まるで奇跡のように、一角獣の子を蘇《よみがえ》らせた少女。

アンナは数ヶ月ほど前、城門の前で起きたことを懐《なつ》かしく思い出していた。

そして、大きなキャンバスを前に腕まくりをする。

「時間はかかるだろうけど、最高の仕事をしないとね。何しろ両陛下とアレクファート殿下、そしてルナ様からの依頼なんだ」

そう呟きながらアンナは夫のダンに声をかける。

「でも、仕事にかかる前に、今日はもっと大事なことがあるからね！　そうだろ？　ダン」

「ああ、もちろんだ！　王宮じゃそろそろ始まる頃じゃねえか？」

その時、新しく完成した立派な城門がゆっくりと開いた。そこから入ってきたのは、一角獣たちだ。

城門が直り、暫《しばら》く自分たちの森に帰っていた一角獣たち。

彼らが久しぶりに都に姿を見せ、みな歓声を上げる。

「ダン、見てみな。聖獣オルゼルスの傍にいるのは、あの時の一角獣の子だよ！」

「はは、そうだな。小さい体して立派なもんだ、今じゃ獣人と一角獣の平和の象徴だからな」

その証拠に、オルゼルスをはじめとする一角獣たちが都に入っても、騒《さわ》ぎ立てる者はもういない。

城門を直す間、彼らがこの町の安全に一役買ったことを、知らない者はいないからである。

一角獣たちは、騎士団に先導されて真っすぐに王宮へと向かっていく。

それを見てアンナは口を開いた。

「あんた！　こうしちゃいられないよ、あたしたちも祝福に駆けつけないと！　王宮の周りは今頃、人だかりができてるに違いない。早く行かないと、殿下と聖女様の顔を拝《おが》める場所が全部取られちまう」

「別にいいじゃねえか。俺たちはこれからだって、壁画の仕事でお二人にはお会いできるんだ」

「まったく、馬鹿だねぇ。今日は特別な日じゃないか。幸せなお二人の笑顔を一目見たいってのが人情だろう？　ねえ、みんな……ってあんたたち！」

ダンとアンナがそんな話をしている間に、他の大工たちは一斉《いっせい》に王宮に向かって駆け出していた。

「アンナねえさんの言うとおりだな。今日は特別な日だ、仕事なんてやってられるか！」

「おうよ！」

「まったくだ、こりゃ早い者勝ちだな！」

「ルナ様のドレス姿を一目でも拝《おが》みたいからな！」

その姿を見てダンが慌てて叫んだ。

「おい！　お前ら、仕事をほっぽり出しやがって！」

「いいからダン、あんたも来な！」

そう言ってダンの腕を取って走り出すアンナ。

「お、おい！　アンナ！」

ダンは笑顔のアンナにつられて表情を緩《ゆる》ませる。

夫婦になってもう二十年になるが、二人は少しだけ出会った頃のことを思い出しながら手を繋《つな》ぐと、王宮への道を駆けていった。


——一方、その頃王宮では、ちょっとした騒動が起きていた。

「まったく、ルナの奴どこに行った？　少し目を離すとこれだ」

「困りましたね殿下、もう招待客は集まっています。そろそろ、お二人とも会場に入って頂かないと……」

アレクと共にそう言ってため息を吐くルーク。

そんな中、ルナの護衛を務めているリカルドが、慌てた様子で部屋に駆け込んできた。

「殿下、ルーク様！　申し訳ございません!!」

そんなリカルドの姿に、アレクは青ざめて尋ねる。

「どうした、リカルド！　まさかルナの身に何かあったのか!?」

「え？　い、いえ……そういうわけではないのですが」

ルークがきょとんとしているリカルドに問いただす。

「一体何があったのです、リカルド。ルナさんはどこに？」

リカルドは二人に問い詰められて事情を話し始める。それを聞き終えたアレクとルークは、顔を見合わせた。

「まったく、ルナの奴……」

「ふふ、ですがルナさんらしいですね、殿下」

アレクたちはリカルドに案内されて、王宮の屋上に向かう。

王宮の屋上はとても広く、景色がいい。

手入れの行き届いた花壇が、その場所をさらに美しく映えさせている。

その中央に立つ純白のドレスを着た女性に、三人は思わず目を奪《うば》われる。

「これは……」

彼女の周りを飛ぶ、白く美しい鳥たちの群れ。

その姿が、清らかな彼女の姿を一段と際立たせる。

鳥たちはまるで彼女に礼を言うかのように澄《す》んだ声で鳴くと、大空へと舞い上がっていく。

その姿は幻想的で、アレクはその場に立ち尽くした。

純白のドレスを着た女性は、アレクに気がついて、侍女のミーナや仲間の動物たちと一緒に走ってくる。

「アレク！」

「――っ！　……ルナ！　こんなところで何をしている？」

見惚《みと》れていたのが恥ずかしくて、少し責めた口調で言ってしまったアレクに、ルナは口を尖《とが》らせた。

「渡り鳥が翼に怪我をしていたの。屋上の花壇を担当している侍女たちがそんな話をしてたから、私……そんなに怒らないでよ」

「怒ってなどいない。またお前がどこかに行ってしまったのではと心配しただけだ」

「アレクったら、どこにも行くわけないじゃない。わ、私たち……これから婚約するんだから」

純白のドレスを着て真っ赤になるルナ。アレクとルークは、その姿にごくりと息を呑む。

リカルドは惚《ほう》けた様子で言った。

「ああ、頬を染めておられるルナ様……尊い」

リカルドの言葉にルナはキッと彼を睨《にら》む。

アレクは首を傾げながらルナに問いかけた。

「最近、ルナと歩いていると、時折同じような声が聞こえてくるな。何が尊いのだ？それに妙なバッジを胸に付けている団員が増えたみたいだが」

「殿下、よくぞ聞いてくださいました！　お話しするつもりだったのですが、実はこのバッジは尊きルナ様のファンク……」

ルナはリカルドの言葉を遮《さえぎ》るように、彼の腕をギュッと掴《つか》む。

「リカルドさん、ちょっとお話があります」

少し離れた場所にリカルドを呼びつけて、何やら話し込む二人。アレクとルークは首を傾げながらそれを眺《なが》めていた。

暫《しば》くして帰ってきたルナは、コホンと咳ばらいをしてアレクに言う。

「ごめんなさいアレク。もう時間よね」

「ああ、王宮の周りにも人々が集まってきている」

アレクとルナは屋上から街の様子を見渡した。人々が王宮に向かって列をなしているのが見える。

地上にいる一人が屋上にいるアレクとルナの姿に気がついて声を上げると、さざ波のようにみなの声が辺りに響いた。

どうやら人々は、アレクとルナの名前を呼んでいるらしい。

顔を見合わせて微笑むアレクとルナの後ろを、先程の白い渡り鳥たちが祝福するみたいに群れをなして飛ぶ。

それを見て、民衆たちの声は益々高まっていく。

「ルナ様！」

「アレクファート殿下！」

「ご婚約おめでとうございます！」

地上から微かに聞こえてくる沢山の祝福の声。

シルヴァンやリン、仲間の動物たちはそれを眺《なが》めながら、彼女の傍に身を寄せていた。

チョコチョコとルナの傍を歩くピピュオが愛らしい。

ルークは地上に向かって手を振る二人に微笑むと、声をかけた。

「さあ、殿下、ルナ様、参りましょう。今日は殿下の王太子への就任式、そしてそれは、お二人の婚約の儀でもあるのですから」

◇　◇　◇

アレクたちと共に式場に向かう中、私は胸に着けたペンダントを見つめる。

ミーナから貰った飾り紐《ひも》を使って、歓迎の宴《うたげ》の前に作ったペンダントだ。

そこに付いているのはリンの宝物。そう、あの虹色の石である。

それは光に照らされて、とても美しく輝く。

リンが嬉しそうに私の肩に乗ると、小さな手で私の頬に触った。

『ルナ、いつもリンの宝物着けててくれるね。リンとっても嬉しい！』

『ええ、リン。これはみんなに出会えた証、私にとっても大事な宝物だもの』

ルークさんに先導されて会場に向かいながら私は思い出す。リンと初めて出会った時のこと。

シルヴァンと一緒に、しょんぼりとしているリンを見つけた――あれがすべての始まり。

それから、メルと出会ってスーやルーたちとも……

私の足元で、くるくると巻いた角を持った愛らしい羊うさぎが、ぴょんぴょんと跳《は》ねる。

『ねえ、スー。ルナ、こんやくするんだって』

『こんやくってなあに、ルー』

『そんなの分からないよぉ』

『へへ、俺が教えてやるぜ二人とも！』

相変わらずシルヴァンの背中の上で胸を張るジン。みんな私の大事な仲間たちだ。

バルロンとも協力して密猟者やあの大きな双首の猟犬を捕らえたのが、まるで遠い過去のことのよう。

私はそっと、隣に立つアレクを見る。王太子の正装をした、とても凛々《りり》しいその横顔を見て、私はクスクスと笑った。

「どうしたルナ、この格好が何かおかしいか？」

「ふふ、違うの、とても素敵よアレク。そうじゃなくて、貴方と出会った時のことを思い出してたの」

私はわざと、少し口を尖《とが》らせて彼に言った。

「覚えてる？　貴方、私のこと密猟者かもって疑ったのよ」

少し責めるように彼を見る私に、アレクは小さく咳ばらいをする。そして、バツが悪そうに答えた。

「それを言うなルナ、悪かったと思っている」

「ふふ、冗談よ。でも、なんだかあの時のことが、とても昔の出来事みたい」

短い間だったけど、色々なことがあった。

これまでの出来事を思い出していると、私たちは王宮に作られた荘厳な儀式の間《ま》に着いていた。

小さな一角獣が私のもとに駆けてくる。そしてその傍には、聖獣オルゼルスの姿もあった。

『ルナお姉ちゃん！　とっても綺麗だよ』

『ふふ、ありがとうフィオル』

一角獣の小さな勇者。この子に私たちは救われた。

あの時、もしもこの子が勇気を振り絞って仲間たちに呼びかけてなかったら、どうなっていただろう。

ううん、この子たちだけじゃない。城門の上で、大きく遠吠えをしたシルヴァン。フィオルを励ましたみんな。

そして——アレク。彼が私を信じてくれた。

あの時、彼の腕にしっかりと抱き締められて、本当は気がついていたのかもしれない。彼に惹《ひ》かれていることを。

船上で口づけされそうになったこと、そしてギルドで私を助けてくれた彼の腕の中で、その鼓動を感じてとても安心したことを思い出す。

最後に、聖堂でのキス。

あの時、自分が彼を愛してるんだって、どうしようもなく気づかされた。

『ま～！　ま～ま！　ぱぁぱ！』

腕の中で、私とアレクを見上げるピピュオ。私とアレクは顔を見合わせて微笑む。

「そうよね、ピピュオ。貴方とも出会えたものね」

白い竜の赤ちゃんを抱いて、私は儀式の間《ま》をアレクと共に歩く。

陛下がお許しくださって、もちろん仲間たちも一緒だ。

貴賓席《きひん》に近づくと、ユリウス殿下がこちらにやってくる。

「ルナさん、とても綺麗です。それにアレク、立派な姿ですよ。貴方が王太子になってくれる日をどれほど待ち望んでいたか」

「兄上……」

アレクはユリウス殿下の手を固く握《にぎ》り締める。

私の父と母もファリーンからやってきていて、アレクに頭を下げる。今日の日のために、わざわざ来てくれたのだ。

あの後、ファリーンは大きく変わったと両親から聞かされた。

セイラン様の怒りに触れたジェラルドとイザベルはいばらとなって、セイラン様の神殿に置かれているとか。

そして、イザベルの実家であるトルーディル伯爵家は、多くの悪事が明るみに出て爵位を剝奪《はくだつ》、国外に追放された。

どうやら、バロフェルドやジェーレントのバルンゲルとも、少なからず関係を持っていたらしい。

もちろんバロフェルドは、すべての罪を調べ上げられた上で厳しい罰を受けるだろう。

ファリーンの国王陛下も隣国の王宮で息子が剣を抜いたと知り、詫《わ》びの手紙を送ってきた。そこには、今回の一件が落ち着いたら退位をして、国王の座を弟に譲《ゆず》るとも書いてあった。

お父様は私に言う。

「陛下も責任を感じられたのだろう。まさか他国の王宮で、その国の王子殿下に剣を向けるなどあり得ぬことだ」

「ええ……」

血走った目で剣を抜いたジェラルド、そして短剣で私を殺そうとしたイザベル。

あの時のことを思い出すと、今でも体が震える。

そんな中、お母様が眉尻を下げてアレクに言う。

「あ、あの、本当にうちの娘でよかったのでしょうか？　小さな頃から目を離すとどこかに行ってしまうような子でしたから、殿下にご迷惑をおかけするのではと案じています」

「もう、お母様ったら！」

私は顔が真っ赤になるのを感じた。確かにそんなこともあったけど……何もアレクの前で言わなくても。

アレクはお母様の言葉を聞いて楽しげに笑った。

「ご心配なく、ルナのお転婆《てんば》ぶりは十分に存じております」

「まあ！　殿下ったら」

お母様は、アレクと顔を見合わせてクスクスと笑う。

「アレクまで！」

二人のあんまりな言葉に、私は渋い顔をする。

アレクは表情を真剣なものにあらためると、お母様に言った。

「ルナのすべてを愛しています。この心は決して変わることはない。父君と母君に誓いましょう、必ず幸せにしてみせると」

……私のすべて。アレクの言葉に、頬がさらに真っ赤になるのを感じた。ずるいわ、油断をさせておいて。

お母様はアレクの手を握《にぎ》り締めている。

「こんなに立派なお方に愛して頂けるなんて……ああ、ルナをどうかよろしくお願いします！」

「ルナを頼みましたぞ、アレクファート殿下」

「お父様……お母様」

アレクは私の手を取るとそっと指輪を嵌《は》めてくれる。美しい細工が施《ほどこ》された指輪、それは私たちの婚約の証だ。

「アレク……」

「ルナ、受け取ってくれるな？」

私は静かに頷《うなず》いた。

「はい」

彼が嵌《は》めてくれた指輪が光に反射して美しく輝く。

私たちは、国王陛下と王妃様が待っている祭壇へと一歩ずつ階段を上がっていく。

お二人の前に立つアレクと私。陛下は頷《うなず》くと、アレクに言った。

「アレクファート、お前をこのエディファンの王太子に任ずる。立派に務めてみせよ」

「父上、謹《つつし》んでお受け致します」

普段にもまして凛々《りり》しいアレクの姿に、私は思わず見惚《みと》れてしまう。

そして、王妃様が私に言った。

「聖女ルナ、貴方をアレクファートの婚約者として認めます。これからもアレクの傍で、息子を助けてくださいますね？」

「そんな、助けるだなんて」

陛下は私に微笑む。

「アンナに依頼している壁画が完成する頃には、正式に二人の結婚の儀を行う予定だ。聖女ルナよ、王太子妃としてアレクに力を貸してやってほしい」

「陛下……」

私はそっとアレクを見ると、彼は力強く頷《うなず》いた。

すべてが上手くいっているわけじゃない。実際、私とアレクの婚約に反対しているエディファンの貴族もいると聞く。

大使の一件以来、ジェーレントとの関係も問題を抱えているという。これからも色々なことがあるかもしれない。

でも、アレクは自分が王太子になって、それを乗り越えていくと言っていた。

だから私に傍にいてほしいって……

「ありがとうございます、陛下、王妃様。謹《つつし》んでお受け致します」

私に王太子妃なんて務まるのか分からない。

そもそも、前の世界は独身だったし、結婚すること自体もちろん初めてだ。

不安は一杯ある。でも、この人の傍にいられる幸せの方がずっと大きい。

アレクの右手が私の頬に触れる。

「ルナ」

「アレク……」

アレクは私にそっと口づけをした。心から幸せな気持ちに包まれる。

誰かをこんなに愛するなんて、自分でも思わなかった。
(アレク、貴方を愛してる。誰よりも……)
会場から歓声と拍手が湧き上がる。
そんな中、会場に美しい一人の貴公子の姿が見えた気がした。
でも、その姿はすぐに人波に消えていく。
シルヴァンの耳がピクンと動いた。きっとシルヴァンも気がついたのだろう。
きっと、私たちの婚約を祝いに来てくれたに違いない。
「セイラン様……ありがとう」
私は王宮の大きな窓から空を見上げる。
リンが私の肩の上に駆け上がってくると、空の向こうを指差した。
『ルナ! 見て虹だよ!!』
『あら、本当ね!』
ルーもスーも、角を揺らしながら私の足元でぴょんぴょん飛び跳《は》ねる。
『綺麗だよ、ルー!』
『ほんとだね、スー!』
ジンとメル、それにピピュオも、空にかかる虹を見上げている。

シルヴァンは私に体を寄せる。

『きっと父さんからのプレゼントだ』

『ふふ、そうねシルヴァン』

空は晴れ渡っていて、これからの私たちを祝福してくれているかのように思えた。

そんな中、兵士が数人、「失礼致します」と言いながら慌てた様子で儀式の会場に入ってくると、アレクと私の前で膝《ひざ》をつく。

赤獅子《あかしし》騎士団の騎士たちだ。アレクが彼らに声をかける。

「どうした？　お前たち」

「は！　殿下。このような時に申し訳ございません。実は森でドラゴンが怪我をしているのを見つけまして、希少な魔獣故、治療をしたいと思うのですが……相手が相手だけにどうしてよいものかと」

他の騎士がそれに同意する。

「草食の大人しいドラゴンなのですが、怪我をして警戒をしている様子で、大きな尾を振りかざし近寄ることができないのです」

私はそれを聞いて歓喜した。

「まあ！　ドラゴンですって！」

私は白鷲竜《しらわしりゅう》のピピュオ以外、他のドラゴンを見たことがない。

この世界でも珍しい生き物なのだ。

「ねえ、アレク……」

私はうずうずとしてアレクを見つめる。アレクはため息を吐くと、私に言った。

「駄目だ、お前をそんな危険な場所に連れていくことはできない。大体、今は俺とお前の婚約式の最中だぞ」

「でも、私がいたら、そのドラゴンを説得できるかもしれないわ」

ルークさんがクスクス笑っている。

「殿下、止めても無駄ですよ。ルナさんのそういうところを好きになったんでしょう？」

「ルーク！　お前まで……まったく。父上、母上、少し出かけて参ります」

国王陛下と王妃様も頷《うなず》く。

「うむ、魔獣の保護は我が国の国是《こくぜ》でもある」

「気をつけて行ってきなさい、アレクファート」

私はあまりにもあっさり彼が部屋を出ていこうとするから、拍子《ひょうし》抜けしてしまう。

思わず惚《ほう》けていると、彼はこちらを振り返り、肩をすくめて私に言う。

「何をしているルナ、行くぞ！」

「え、いいの？」

アレクは私に微笑んだ。

「どうせ止めても行くのだろう？　治療も必要になる、手伝ってくれ」

「うん！　アレク」

やっぱり私の天職は獣医だもの。怪我をしている動物の話を聞いたら放ってはおけない。

リンが私の肩の上に駆け上がる。

『ルナ！　リンも手伝う』

『スーもだよ！　薬草とか探すの得意なんだから』

『ルーも行く！』

ジンとメルも顔を見合わせた。

『俺も行くぜ、ルナは俺がいないと駄目だからな』

『ふふ、ジンったら。私も行きますわ』

シルヴァンは当然と言った様子で私の隣に立っている。

『行こうぜ、ルナ』

『ええシルヴァン！　みんな!!』

私の仲間たちも張り切っている。

お留守番のピピュオは、ミーナの腕の中で、まるで私たちを応援するように大きく鳴いた。

――この世界にはまだ、私が知らない沢山の動物たちがいる。

私は彼らとの出会いに、期待に胸を膨《ふく》らませながら、みんなと一緒にアレクのもとに駆けていった。

書き下ろし番外編

ちびっ子ルナの大冒険

これはまだルナが幼かった頃の物語。

「お嬢様！　ルナお嬢様‼」

「どこにいらっしゃるんですか？」

ファリーン王国のロファリエル公爵家の庭では、そう声を上げながら侍女たちが辺りを見渡している。

庭で遊んでいたはずのルナの姿が見えないのだ。いつも一緒にいる銀狼と共に。

「はぁ、またですか。ルナお嬢様ときたら、時々こうしていなくなってしまうのだから」

ベテランの侍女がそうため息を吐くと、他の侍女たちも頷《うなず》く。

「ええ、でも少し経つと何事もなかったみたいに帰ってこられて『心配しなくても大丈夫よ』って、笑って仰られるのですよね。まだお小さいのに時々、とても大人びていて」

「それにシルヴァンがいつもお嬢様を守っているようですし。まるでルナ様の本当の弟みたいに……不思議な力を感じる銀狼ですわ」

その言葉を聞いて、先程のベテラン侍女は困った顔で頷《うなず》く。

「ふぅ、確かにシルヴァンが一緒なら大丈夫だと思うのだけど。旦那様も奥様も今、急なご用事で出かけていらっしゃいますし、もう少し辺りを探しながら待ってみましょう」

その言葉に他の侍女たちも頷《うなず》いた。

「そうですね。いつものことですし」

「きっとすぐに戻ってこられますわ」

侍女たちはそう言って肩をすくめると、再びルナの名を呼びながら辺りを探し始めた。

◇　◇　◇

その頃、私とシルヴァンは公爵家近くの森の中にいた。

まだ八歳の私を背中に乗せて、相棒のシルヴァンが森の中を駆けていく。八歳っていっても前世ではアラサー女子だったんだけどね。

前世の記憶が戻ったのは五歳の頃、シルヴァンと出会ったのも丁度その頃だ。公爵家の庭の傍で、酷い怪我をして横たわっている幼い狼を見つけた。

傷口は私の持つ治癒の力で塞《ふさ》げたのだけれど、酷く化膿《かのう》していたから感染症になってその後、薬草で作った薬を飲ませてつきっきりで看病したことを覚えている。

もちろん今はすっかりよくなって、体も大きくなった。

こうやって私を背中に乗せられるぐらいにね。

『へへ、ルナしっかりつかまってろよ！』

『分かったわ、シルヴァン！』

もふもふしたシルヴァンの毛並みはとっても気持ちいい。背中に乗って一緒に駆けまわるのは最高の気分だ。

それに不思議と乗り心地がよくて、シルヴァンたらただの銀狼だとは思えないのよね。

でも、どこから来たのか聞いても話してくれないし。

もちろん、ずっと傍にいてくれたら嬉しいんだけど。そんな私の様子に気がついたのか、シルヴァンが走りながら振り返ると言った。

『どうしたんだよ、ルナ？』

『ううん、このままずっとシルヴァンと一緒にいられたらいいなって思って』

私がそう言うと、シルヴァンは走りながらプイっと顔を背けて答えた。

『な、なんだよルナ！　いきなりさ』

つれない相棒に私は口を尖《とが》らせて言う。

『いいじゃない。そう思ったんだから』

『し、しかたないな！　ルナがそう言うなら、ずっと一緒にいてやるよ！』

そっぽを向いたままそう言うシルヴァンの尻尾が、嬉しそうに大きく振られているのを見て私は笑った。このツンデレさんめ。

『約束よ！　シルヴァン大好き！』

私の大切な弟、いなくなっちゃうなんて考えられないもの。

『へへ、僕だってそうさ！』

その時、私たちを導くようにして頭上を飛んでいる小鳥が一声大きく鳴いた。

時々私の屋敷に遊びに来るひばりのロコだ。ロコは空から私たちに向かって叫ぶ。

『ルナ、シルヴァン！　あそこだ、あの崖《がけ》の傍だよ』

ロコのその言葉に、私とシルヴァンは頷《うなず》いた。

『急ぎましょう、シルヴァン！』

『ああ、ルナ！』

実は私たちは少し前に公爵家を訪ねてきたロコから、ある話を聞いてこうして森にやってきたのだ。私たちの頭上を飛ぶロコが、前方にある崖《がけ》の下に舞い降りるのを見て、私たちも急いでそこに向かう。

崖《がけ》を見上げると少し崩れた様子が見て取れる。一方でその崩れた場所の下には一組の鹿の親子が見えた。

『ママ！　ママ!!　死んじゃやだ!!』

そう言って母鹿の体に身を寄せて、泣きじゃくる小鹿の女の子。

母鹿はそんな娘に向かって弱々しい声で言う。

『ミルル……ここにいては駄目。早く……ここから離れなさい』

『やだもん！　ミルル、ママの傍にいるんだもん……』

そんな小鹿のミルルの頭の上に、ロコはふわりと舞い降りる。

『ノーマ！　ミルル！　もう安心だ、助けを呼んできたぞ』

どうやら小鹿はミルル、母鹿の名はノーマというようだ。

『狼、それに人間も……』

『ママ！』

二人はシルヴァンと私を見て驚いた顔をする。ロコはそんな彼女たちに言った。

『安心しろよ、二人は俺の友達なんだ。前に俺が翼に怪我をした時、治してくれたんだぜ。きっとノーマのことも助けてくれるはずさ！　そうだろう？　ルナ！』

『ええ、もちろんよロコ。そのために来たんだから。ノーマと言ったわね、怪我を診《み》せて頂戴』

私の言葉に弱々しく頷《うなず》くノーマ。散乱するいくつもの岩を見てシルヴァンが言う。

『崖《がけ》が崩れて岩が落ちてきたんだな。足に酷い怪我をしてる……』

その言葉に私も頷《うなず》く。ミルルは泣きながら言った。

『ミルルがいけないの。ママに崖《がけ》の傍で遊んだら駄目だって言われてたのに……綺麗なお花が咲いてたから。そしたら崖《がけ》が崩れてママがミルルの代わりに』

ミルルの言うように、傍には綺麗な白い花が咲いている。

きっとノーマが少し目を離した隙にここに近づいたミルルに向かって、崩れ落ちてきた落石から娘を庇《かば》った時に怪我を負ったのだろう。

『ルナ、ここは危険だ』

『ええ、シルヴァン』

またいつ崖《がけ》が崩れるか分からない。二人を移動させないと。でも大きなノーマを動かすのは私には無理だし、シルヴァンでも簡単にはいかないだろう。

『移動させるためにも、ここで急いで治療するしかないわね』

触診しながらノーマの骨に異常がないかどうか確かめる。幸いなことに傷は深いが骨は折れていない。打撲と落石が作った深い傷で動けないだけのようだ。

私は急いで『E・G・K』のシスターが持つ治癒の力を使う。私の手から放たれる淡く輝く光が、ノーマの傷を塞《ふさ》いでいく。

『こ、これは……一体！』

目を見開くノーマに私は言った。

『今、ここで説明している時間は無いわ。体を動かせる？　早くここから離れないと』

『は、はい！　ありがとうございます！　ミルル！』

『ママ!!』

立ち上がった母親に、ミルルは涙を流しながら身を寄せる。

二人が崖《がけ》下から離れるのを見て、ふぅと息を吐くシルヴァン。その時、ミルルの頭の上に乗っているロコが叫んだ。

『二人とも危ない!!』

大きな音を立てて崖《がけ》が崩れてくるのが見える。私は思わずシルヴァンの体に抱きつくとその頭の上に覆いかぶさった。崩れ落ちた石が辺りに散乱している。

『シルヴァン……』

『ルナ！　ルナ!!』

幸い落石は私たちから逸れたようで、シルヴァンも無事のようだ。私はそれを見てほっと胸を撫で下ろした。でもシルヴァンが泣いている。どうしたんだろう？

体が動かない。そういえば落石があったあの時、一瞬激しい衝撃を頭に感じた。

ロコが私の周りを慌てた様子で飛びまわって叫ぶ。

『どうしよう、シルヴァン！　ルナの頭から血が！　沢山流れてるぞ』

辛うじて動く視線だけで横を見ると、小さな落石が赤く染まっているのが見えた。

きっとあれが私の頭に当たったのだろう。治さないと……治癒の力で……シルヴァンがあんなに泣いてるもの。

そんなに泣かないで……私、大丈夫だから。目の前が暗くなっていく。

私はその時、シルヴァンの、誰かを呼ぶような遠吠えを聞いた気がした。


どれぐらい経っただろうか。気がつくと私は崖下《がけ》から離れた場所で横になっていた。

『ルナ！　よかった』

そう言って涙を流すシルヴァン、ロコやミルルたち。私はゆっくりと体を起こす。

『シルヴァン……でも、どうして』

私生きてるの？　頭を手で触れてみると傷が無くなっている。

『父さんが助けてくれたんだ』

『お父さん？　シルヴァンの？』

私はその時、後ろに何かの気配を感じて振り返った。そして思わず目を見開く。

そこにいたのは大きな銀狼だ。とてもとても大きな狼の姿に私は思わず呟いた。

『まさか、王国の神獣セイラン様!?』

月光のような美しい毛並みを靡《なび》かせたその狼は、シルヴァンに言った。

『神殿に帰るぞシルヴァン。お前の望みどおりこの娘は治した。次はお前が約束を守る番だ。幼き日にお前は、神殿の外の世界を見てみたいと飛び出した。決して父である私には頼らぬと大言を吐いて。だが、結局は私の力に頼ったのだからな』

セイラン様はそう言うと歩き始める。シルヴァンは私をじっと見つめて言った。

『……ルナ、大好きだよ。約束を守れなくてごめん』

シルヴァンがセイラン様の息子だったなんて。もう会えなくなると思うと涙が零《こぼ》れる。

背中を見せて歩いていくシルヴァンに、私は駆け寄ると叫んだ。

『シルヴァン!!』

『ルナ!!』

シルヴァンは振り返るとこちらに駆けてくる。そしてセイラン様に言った。

『父さん！　僕、ルナと一緒にいたいんだ。ルナは愛してくれた、僕が神獣の息子じゃなくったって。ずっと一緒にいたいって言ってくれたんだ！』

気がつくと私の前に一人の貴公子が立っている。まるで月光のような輝きを見せる髪はとても美しい。その瞳は私を真っすぐに見つめている。

『聞き分けのない息子だ。だが、この娘ならば……心優しき娘ルナよ、もう暫《しばら》くの間お前に息子を預けよう。私の加護と共にな』

セイラン様はまるで自分の娘にするかのように、私の額にそっと口づけをした。

『これでお前はもう我が娘も同然。またいつの日か会うこともあろう』

そう言ってセイラン様は姿を消した。私はシルヴァンに尋ねる。

『本当によかったの、シルヴァン』

『へへ、当ったり前さ。ずっと一緒にいるってルナと約束したんだから』

私はシルヴァンを思いきり抱き締めた。私のとても大事な弟を。

そして、ロコやミルルたちにお別れを言うと、家路を急ぐのだった。

もちろん、屋敷に戻った私が侍女たちにこってりしぼられたのは言うまでもない。

RC Regina COMICS
大好評発売中!!
異世界でカフェを開店しました。
1~9
原作
甘沢林檎
Ringo Amasawa
漫画
野口芽衣
Mei Noguchi
アルファポリスWebサイトにて
好評連載中!
異世界でカフェを開店しました。9
甘沢林檎
野口芽衣
バカンスでLet'sクッキング!
初めての旅行先で海の家をオープン!?
異世界クッキングファンタジー
待望のコミカライズ!
突然、ごはんのマズ～い異世界にトリップしてしまった理沙。もう耐えられない! と食文化を発展させるべく、カフェを開店。噂はたちまち広まり、カフェは大評判に。精霊のバジルちゃんや素敵な人達に囲まれて異世界ライフを満喫します!
B6判・各定価:748円(10%税込)
シリーズ累計116万部突破!
(電子含む)
アルファポリス 漫画
検索

本書は、2019年10月当社より単行本として刊行されたものに書き下ろしを加えて文庫化したものです。


この作品に対する皆様のご意見・ご感想をお待ちしております。

おハガキ・お手紙は以下の宛先にお送りください。

【宛先】

〒150-6008 東京都渋谷区恵比寿4-20-3 恵比寿ガーデンプレイスタワー 8F
(株) アルファポリス　書籍感想係

メールフォームでのご意見・ご感想は右のＱＲコードから、
あるいは以下のワードで検索をかけてください。

アルファポリス　書籍の感想　検索

ご感想はこちらから

レジーナ文庫

元獣医《もとじゅうい》の令嬢《れいじょう》は婚約《こんやく》破棄《はき》されましたが、もふもふたちに大人気《だいにんき》です！ 1

園宮《そのみや》りおん

2021年4月20日初版発行

文庫編集－斧木悠子・篠木歩
編集長－塙綾子
発行者－梶本雄介
発行所－株式会社アルファポリス
〒150-6008 東京都渋谷区恵比寿4-20-3 恵比寿ガーデンプレイスタワー8階
TEL 03-6277-1601（営業）　03-6277-1602（編集）
URL https://www.alphapolis.co.jp/
発売元－株式会社星雲社（共同出版社・流通責任出版社）
〒112-0005 東京都文京区水道1-3-30
TEL 03-3868-3275
装丁・本文イラスト－Tobi
装丁デザイン－AFTERGLOW
（レーベルフォーマットデザイン－ansyyqdesign）
印刷－中央精版印刷株式会社

価格はカバーに表示されてあります。

落丁乱丁の場合はアルファポリスまでご連絡ください。

送料は小社負担でお取り替えします。


ISBN978-4-434-28770-1 C0193